Carolina Schutti

Meeresbrise
Roman

Literaturverlag Droschl

I. Palimpsest

Unsere Mutter ist die Einzige, die Hut trägt und Sonnenbrille. Einen schwarzen Hut mit breitem, wippendem Rand. Auf hohen Schuhen stöckelt sie durch das Dorf, und wir müssen ihr folgen, Hand in Hand, in unseren rosaroten Kleidchen. Das Kleid meiner Schwester ist zu lang und meines zu kurz, beide haben sie Größe 104. Wenn die Mutter durch das Dorf geht, tritt sie klackend mit dem Absatz auf, so, wie es Königinnen tun, wir stampfen ihr in unseren Sandalen hinterher. Unter unseren Zehennägeln sammelt sich der Dreck, doch unsere Gesichter glänzen im Abendlicht und unsere Köpfe zieren Schleifen aus Satin. Die Einkaufstasche schlägt bei jedem Schritt an Mutters Knie, und wir bemühen uns, ein Kichern zu unterdrücken, denn wenn wir kichern, fällt der Spielplatz aus.
Die Blicke der Leute streifen unsere Schultern wie Wind, und wir heben stolz unser Kinn, wie es uns die Mutter gelehrt hat.

Unser Dorf ist wunderschön. Wir haben gestutzte Hecken, blühende Beete, blinkende Fenster. Wertvolle Porzellanfiguren auf den Treppenstufen, prächtige Bäume und metallene Geräteschuppen. Zählte man die Schätze des Dorfes laut auf, ergäbe sich eine herrliche Litanei:
Pergolen
helle Holzlasuren
Kletterrosen
Efeuranken
Bleiglasfenster
das gestockte Blut des heiligen Irgendwer

Nachts sind wir die kleinen Mäuse, die nicht schlafen wollen. Wir tragen dunkle Jacken und schleichen leise die Hauptstraße entlang. Meiden die Lichter, die aus einzelnen Fenstern auf den schmalen Gehsteig fallen, und erschrecken beim Klang der Rasensprenkler, die unvermittelt Wasser versprühen.
Unser Weg führt an der Kirche vorbei auf den Waldrand zu. Zwei Laternen leuchten orange, und heute leuchtet auch der Mond. Wir haben zu Hause ausgelost, wer zuerst schaukeln darf, damit unser Streit nicht die Stille stört. Wer nicht schaukelt, gräbt Löcher in den Sand und bedeckt sie mit Zweigen.

Daheim schlurft Mutter barfuß über den grauen Teppich, der schon von Anfang an in unserer Wohnung ausgelegt war und den wir manchmal heimlich an einer Ecke anheben, um am bröselnden Klebstoff zu riechen. Der Teppich ist unsere Welt. Wir verzieren ihn mit Gänseblümchenköpfen und stecken Fichtennadeln in den kurzen, struppigen Flor. Meine Schwester presst ihre Wange auf den Boden und erzählt mir, wie ein Schiff auf eine zauberhafte Insel zusteuert, auf der die Blumen groß wie Bäume und die Gräser dick wie Arme sind. Wir beraten, ob wir uns fürchten sollen, aber wir tun es nicht. Wir finden einen Krümel und teilen ihn gerecht, das Essen muss eine Weile reichen. Durst existiert keiner auf dieser Insel, bis unsere Mutter uns hellen Himbeersaft bringt.

Auf dem Küchentisch liegt ein Tuch, das sich königlich glatt anfühlt.
Auf dem Tuch steht eine Konserve mit Fisch.
Seht her, ich mache es euch vor!
Die Mutter steckt ihren Finger durch den Ring und zieht langsam den Deckel ab.
Fisch ist gesund, sagt die Mutter, und wir mögen ihn.
Wir kleckern mit der roten Soße und bröseln mit dem Brot.
Nach dem Essen schaltet die Mutter den Fernseher ein.
Seht gut hin, Mädchen!, sagt die Mutter.
Wir sehen andere Kinder in anderen Häusern.
Die Armen, sagt die Mutter, das sind viel zu große Zimmer für nur ein Kind. Und wir verspüren Mitleid, weil die Kinder in schwarzen Autos durch Städte gefahren werden und Berge von Spielzeug haben anstelle von Stöcken und Sand.

In der Wohnung ist es still. Die Mutter arbeitet, ruht sich aus oder schläft, wir wissen uns in der Zwischenzeit zu beschäftigen.

Zum Beispiel sitzen wir zwischen unseren Betten in heillosem Durcheinander und stellen uns ein Lagerfeuer vor. Meine Schwester knistert mit Backpapier, ich werfe eine Strumpfhose in die Flammen. Dann strecke ich meine Arme, halte meine Handflächen über das Feuer. Das Feuer lodert und wärmt uns, außerdem hält es wilde Tiere von uns fern.

Zum Beispiel knüpfen wir ein Spinnennetz aus bunten Fäden zwischen unseren Betten und lassen ein Stofftier das Opfer sein, das erbarmungswürdig in seinem bunten Gefängnis zappelt, ehe eine von uns es erbeutet. Wir weiten unser Reich aus, spannen Fäden zwischen Fenster und Tür, zwischen Stuhl und Schrank, zwischen Lampe und Heizkörper. Wir merken zu spät, das wir uns selbst kaum noch bewegen können, wir kriechen am Boden, um nach weiteren Opfern zu suchen, finden eine Puppe ohne Haare, ein Feuerwehrauto, das wir beide hassen, einen feuchten Haarpinsel, einen zu kleinen Schuh. Das Netz zittert wie verrückt, die Spinnen müssen erst noch streiten, wer das nächste Opfer holen darf, sie streiten leise und gewinnen abwechselnd, einmal die eine, einmal die andere, heimlich erwecken sie die gefressenen Opfer wieder zum Leben, damit das Spiel nicht vorzeitig zum Ende kommt.

Mit vollgefressenen Bäuchen versuchen wir, uns nebeneinander auf eines der Betten zu legen. Fäden kratzen an den Wangen, an den Armen, am Hals, wir drehen und wenden uns, bis wir in einigermaßen angenehmen Positionen zu liegen kommen und dann verbiegen wir unsere Finger, um uns in Zeichensprache geheime Botschaften zu senden.
Geheimnisse sind uns ein großes Vergnügen.
Wir stellen uns vor, dass wir in Wahrheit die Töchter der Nachbarin sind und nur der Mutter zuliebe so tun, als seien wir ihre Kinder. Die Nachbarin hat einen großen Garten, in den wir bestens hinunterschauen können, eine Katze, eine Küche, aus der zauberhafte Gerüche strömen, Besuch, einen wöchentlichen Friseurtermin, keine eigenen Kinder, keinen Mann, eine Wäscheleine, einen Birnenpflücker an einem langen Stab, einen Gartenschlauch, schon wieder Besuch, duftendes Waschmittel, ein Haarnetz über den Lockenwicklern, Hausschuhe in allerlei Farben, einen Arm in der Schlinge, der aber wieder gut ist.
Unsere Fantasie kommt zum Erliegen.
Wir zupfen an den Fäden und sehen der Lampe beim Wackeln zu, wir bekommen Angst, der Stromschlag könne uns treffen, wir stöhnen um die Wette, wir stoßen uns gegenseitig die Zeigefinger in die Rippen, eine von uns schreit, auch die andere schreit.

Wir hören das Quietschen der Türklinke. Die Mutter hat ihren bestimmten Blick, unsere Herzen schlagen vor Angst.

Wir müssen die Knoten auf der Stelle wieder lösen.
Wir müssen die Fäden zu Knäueln aufwickeln.
Wir müssen lernen, uns wie normale Kinder zu verhalten.
Wir dürfen ihre Ruhezeiten nicht stören.
Wir bekommen nichts zu trinken.

Wir sollen kein Theater machen, das kommt davon.
Wir müssen jede in einer Ecke knien.

Wir beschließen, unsere Fähigkeiten zu verfeinern und fortan Netze aus Luft zu weben.

Der Vater meiner Schwester ist ein Maler, der sich von der Brücke gestürzt hat.
Es ist Sonntag, und wir machen einen Spaziergang in den Wald. Woche für Woche besuchen wir ihren Vater, denn Mutter kennt nur diesen einen Weg.
Seht her, Mädchen!, sagt die Mutter, und haltet euch schön an der Hand!
Unter uns tost das Wasser, die Holzbrücke ist lang und schmal. Unsere Nasen erreichen kaum die Brüstung, unsere Blicke verirren sich im Wald.

Der Tod des Vaters meiner Schwester ist ein tosendes Rauschen.

Na, du?, sagt die Mutter und sieht mich an.
Mein Vater hat meiner Mutter in einem Hinterhof den Rock von der Hüfte gerissen und lebt auch nicht mehr.

Unsere Väter bestehen aus Wörtern.

Wann immer wir können, betreten wir den Wald in unseren kurzen Kleidchen. Wir lieben das Spiel von Schatten und Licht auf unserer Haut, mögen es, wenn stachliger Wacholder an den gemusterten Stoffen zupft, wenn allerhand Gewächs an unseren Körpern streift. Die Mutter nimmt sich ausreichend Zeit, um uns mit Nelkenöl gegen Ungeziefer einzureiben. Ihre warmen Handflächen streicheln unsere Beine, unsere Arme und unser Gesicht, manchmal bekommen wir Küsse auf unsere Nasen. Wir bemühen uns sehr, keine Zecken mit nach Hause zu bringen.
Der Weg in den Wald beginnt hinter der Kirche. Jemand hat Wegweiser aufgestellt und einige der Bäume mit Farbe markiert. Wir benötigen die Markierungen nicht, wir kennen jede Biegung, jede Lichtung, jedes Auf und Ab. Bei einem Holzstapel verengt sich der Weg zu einem Trampelpfad, führt abwechselnd über Wurzelwerk, Sand und Kies nirgendwohin. Bis hierher und nicht weiter gehen wir, lassen uns nieder, bauen ein Dorf aus Steinen, Zapfen und Schneckenhäusern, ein Dorf, das dem unseren gleicht: Es gibt zwei Bauernhöfe, eine Hauptstraße, eine Kirche, einen Friedhof, ein Gasthaus, einen kleinen Laden und einen Supermarkt. Einen Spielplatz, einen Kindergarten, der nichts für uns ist, eine Schule, zwei Bushaltestellen, eine Telefonzelle, einen Pavillon für die Musik, einen Brunnen, eine Mauer, auf der man gut und gerne sitzt, drei alte Männer, die uns immer hinterherschauen und niemals ein Wort sagen.
Ein schwarzes, modriges Stückchen Holz ist der Hund, vor dem wir uns fürchten, für die Besitzerin des Ladens reißen wir das frische Ende eines Fichtenzweiges ab. Das helle Grün

ist der Kopf, das dunkle das Kleid, wir bohren die Frau in die Erde, damit sie gut steht und uns jeweils ein Blatt Wurst reichen kann.
Danke!
Danke!
Wir lieben den Geruch in dem Laden, wir lieben die Regale, wir lieben die bunten Besen hinter der Tür. Wir lieben die Zuckerkringel, die sich neben der Salami in der Vitrine stapeln, und wenn ein solcher zu Bruch geht, bekommen wir ihn.
Draußen neben dem Eingang ist ein Kaugummiautomat.
Wir zwängen unsere kleinen Finger hinter die schwingende Metallklappe, bis es schmerzt, drehen wie verrückt am schwarzen Griff, testen die Kraft unserer Wünsche. Ein Ringlein soll herausfallen. Ein Ringlein für jede von uns.
Wir schlitzen vorsichtig die Stiele violetter Blümchen mit unseren Daumennägeln auf, um die Blütenköpfe hindurchzudrücken. Wir stapeln die Ringlein vor dem Laden, einem glatt geschliffenen, faustgroßen Stein. Wir platzieren ein paar Steinchen für die Häuser, einen Zapfen für den Kirchturm.
Heute lassen wir den Bus durch das Dorf fahren. Wir finden ein gelbes Blatt. Der Busfahrer lässt den Motor laufen, als gäbe es kein Morgen. Als längst alle Fahrgäste auf ihren Plätzen sitzen und darauf warten, dass es weitergeht, wickelt er ein belegtes Brot aus der Alufolie, beißt ab, kaut und schluckt, die Leute sehen auf ihre Armbanduhren, dann schließt er endlich die Türen, die Fahrt beginnt. Wir lassen den Bus einmal um das Dorf fahren, der Aussicht wegen und weil wir nicht aufstehen wollen, aber dann erheben wir uns doch und wagen uns ein Stück weit ins Dickicht, wählen einen umgestürzten Baum als Ziel, fürchten uns allerdings vor den Wurzeln, die er uns drohend entgegenstreckt. Gottseidank ist der Tank fast leer und der Bus kehrt rasch wieder um.

Bis hierher und nicht weiter gehen wir, warten auf Eidechsen und Blindschleichen, bemalen unsere Füße mit feuchter, krümeliger Erde, legen uns auf den Rücken und lassen uns auf Wolken treiben, um das Dorf und den Fluss von oben zu betrachten. Wenn eine von uns schläfrig wird, weckt sie die andere wieder auf.

Die Mutter sitzt mit uns am Tisch, Schichten aus Zeitungspapier liegen auf dem glatten Tuch.
Dein Vater war ein Maler, sagt sie zu meiner Schwester. Meine Schwester nickt. Die Mutter stellt kleine Töpfe mit glitschiger Farbe auf den Tisch, in die wir unsere Finger tauchen müssen. Malt ein Pferd!, sagt sie, doch wir wissen nicht, wie das geht, und malen einen schwarzen Strich und vier braune und meine Schwester versucht den Kopf.
Die Mutter lacht uns aus, weil unser Pferd keinen Schweif hat.
Meine Schwester malt ein rosa Kleid und ich vier Striche und meine Schwester einen Kopf.
Ich setze dem Kopf gelbe, fedrige Haare auf.
Meine Schwester malt ein rosa Kleid und ich vier Striche und meine Schwester den Kopf.
Ich setze dem Kopf lange, braune Haare auf.
Wir verlängern zwei Striche, sodass wir uns an den Händen halten. Zwei rosa Kleider auf einem Blatt Papier.
Die Mutter hängt das Bild über die Spüle.

Die Mutter erzählt uns eine Gutenachtgeschichte. Sie zieht ihren Lippenstift nach, tupft Parfum auf Hals und Handgelenke, setzt sich als Märchenfee an den Rand des Bettes, in dem wir, eng aneinandergeschmiegt, liegen.
Haltet euch gut an den Händen, Mädchen!
Mutters Haar liegt weich auf ihren Schultern, und wir wissen: Wir dürfen es nur ansehen und nicht berühren. Wir dürfen kein Durcheinander mit ihren Haaren anstellen, auch mit ihrem schönen Kleid nicht, und sie kann es nicht ausstehen, wenn wir mit unseren feuchten Nasen an ihrem duftenden Hals schnuppern. Stattdessen suchen wir unter der Decke gegenseitig nach unseren nackten Füßen. Sachte versuchen wir, unsere Zehen ineinanderzuhaken, so gut es eben geht, ohne Unruhe zu stiften. Die Blumenbettwäsche liegt wie ein gepflegtes Beet über unseren Körpern, Rosenranken und Ranunkeln, Efeu und Lavendel, dazwischen hingesprenkelte, kleine, gelbe Blütenköpfchen, die wir nicht zu benennen wissen.
Die mit rosarotem Tüll umkränzte Glühbirne leuchtet sanft in unsere Gesichter, wir müssen ein wunderbarer Anblick sein.
Unser Atem ist wie ein einziger Atem, unsere Körper verschmelzen, Arme und Beine liegen Haut an Haut, wir sind Mutters Ein-und-Alles. Vier Augen, die sich sanft schließen, wie die Mutter es gerne hat. Die Mutter nimmt sich Zeit für ihre Mädchen, sie erzählt ein Märchen, sie sucht sich die Geschichte von Allerleirauh aus. Wir wissen, dass wir uns vor den winzigen Mäusefellen fürchten werden, vor dem rußigen Gesicht, vor dem hohlen Baum im Wald. Wir mögen nur Mondkleid und Nussschale und lachen, wenn Allerleihrauh ihre Spindel in die Suppe des Königs wirft.

Manchmal spricht die Mutter von einem Erlebnis. Ihr Gesicht beginnt zu leuchten wie der Mond. Wir stellen uns den Musikpavillon vor, der nach Hund stinkt und nur selten benützt wird. Die Mutter denkt an eine weite Wiese mit Gruppen von Leuten, die zur Musik tanzen.
Die Kinder bekommen Fähnchen und die Erwachsenen haben Feuerzeuge, erzählt die Mutter. Mein Fähnchen hat einen gebrochenen Stab. Eure Großmutter hat Angst, ich könnte mich an den spitzen, langen Holzfasern verletzen, und sie bittet meinen Vater um eine Packung Taschentücher und löst den Klebestreifen ab und umwickelt damit mein Stäbchen und sagt mir, ich solle nun ganz vorsichtig damit winken, denn es gebe keine Möglichkeit, ein neues Fähnchen zu bekommen, die Ausgabestelle sei am anderen Ende des Geländes, und ich würde doch sehen, dass es kein Durchkommen gebe, also vorsichtig damit, ja? Und ich nicke, halte mein Fähnchen in die Höhe und neige es nacht rechts und nach links, und die anderen Kinder zerschneiden mit ihren Fähnchen die Luft, sodass das Papier nur so knallt. Auf einmal gibt es ein Rumoren, vorne beginnen die Leute zu schreien, die Beine vor mir rücken nach vorn und hinter mir rücken welche nach, und sie alle rücken enger zusammen. Die Lautsprecher beginnen zu knacken, es rauscht und es sirrt, dann hört man Gedichte, und die Leute sind irritiert, denn das haben sie nicht erwartet, einige lachen, einige sagen: So ein Scheiß!, und ich sage es nach, und meine Mutter packt mich am Genick, und ich fühle mich wie ein in die Falle gegangenes Tier und verstumme und halte mein Fähnchen noch ein bisschen höher und neige es vorsichtig nach links und nach rechts, und

trotz aller Vorsicht berührt es jemanden am Kopf, und der wischt es mit einer Armbewegung weg wie ein lästiges Insekt und dreht sich nach mir um und blickt mir starr ins Gesicht mit zusammengezogenen Augenbrauen. Ich senke meinen Arm und sehe, dass das Papier einen Riss hat, und ich tupfe Spucke darauf, aber es ist natürlich nicht mehr zu reparieren. Es riecht schlecht zwischen all den Beinen. Auf einmal hört man Musik, und jemand brüllt in ein Mikrophon, ich lasse das Fähnchen fallen und halte mir die Ohren zu, schließe die Augen und stelle mir vor, ich sei woanders, aber die Hand meiner Mutter senkt sich auf meinen Kopf und streicht aufgeregt über mein kurzgeschorenes Haar. Und dann, plötzlich, zieht sie meine Hand vom Ohr und ruft: Jetzt!, jetzt! jetzt!, jetzt endlich!, und sie stellt sich auf die Zehenspitzen, und ich sehe ihr erhobenes Kinn und dass sie rote Flecken auf dem Hals hat, und mein Vater packt mich und versucht, mich hochzuheben, doch es ist unmöglich, ich stecke zwischen den Beinen fest, und dann legt er seine Hand auf meine Schulter wie zum Trost oder wie als Versprechen, dass er mir später alles ganz, ganz, ganz genau erzählen wird –

Wir hören mit großen Augen zu.
Wir wünschen uns für das nächste Mal ein Märchen.

Im Traum schlafen wir in einem Zelt auf einer Wiese, aus der Ferne erklingt Musik. Wir öffnen den Eingang und krabbeln auf allen Vieren hinaus. Da steht die Mutter in einem herrlichen Kleid, mit langem Haar wie Rapunzel und klirrenden Armreifen. Im Traum fürchten wir uns sehr davor, dass sie sich umdreht und wir ihr Gesicht nicht erkennen.

Wir knien auf dem Boden, uns ist schwindlig vom Nagellack. Mutter liegt auf weichen Kissen, wir streichen die Wolldecke über ihren Beinen glatt.
Gebt euch Mühe, Mädchen!
Unsere Kleider haben Größe 122, die Haare meiner Schwester sind straff nach hinten gesteckt. Wir können den Pinsel gut führen, wir patzen längst nicht mehr auf die Haut.
Granatrot hat sich die Mutter gewünscht. Ich nehme die rechte Hand, meine Schwester die linke, und wir beginnen mit den Daumen.
Halt!, sagt die Mutter, und wir wischen das Granatrot weg.
Weinrot!, sagt die Mutter.
Meine Schwester nimmt die linke Hand, ich die rechte, wir beginnen mit den Daumen. Mutters Augen sind geschlossen. Wir pinseln mit kleinen, feinen Strichen und pusten nach jedem Finger die Farbe trocken, wir haben Zeit.
Der Regen trommelt an die Fensterscheibe und hält uns an diesem Sonntag im Haus. Als wir mit unserer Arbeit fertig sind, bleiben wir im Bannkreis aus Nagellackfläschchen sitzen und sprechen leise:
Granatrot
Weinrot
Anthurium
Fleur de Pêcher
Metallic bloom
Wir kichern leise, lassen die Mutter schlafen und gehen hinaus in die Welt.

Unsere Welt ist das Bett. Wir knistern mit Tablettenblistern und freuen uns an dem Reim und daran, dass wir ein kleines, feines Feuer entzündet haben. Zum Zeitvertreib ziehen wir uns aus und zählen unsere Muttermale. Wenn wir gemeinsame Kinder hätten, hätten diese dreiundzwanzig braune Punkte, und wir reiben unsere Bäuche aneinander und versuchen, einen Funken zu entfachen, bis wir es draußen rascheln hören und uns schleunigst wieder in brave Mädchen verwandeln.

Wir sind Prinzessinnen in einem Turm. Das Fenster steht offen, und wir lauschen gespannt dem Gang der Welt. Als ein Prinz mit seinem Hund vor unserem Haus verweilt, ducken wir uns, denn wir wissen, wir dürfen mit niemandem sprechen, wenn die Mutter nicht bei uns ist, um uns zu beschützen. Meine Schwester zählt bis hundert, dann richtet sie sich langsam auf und deutet mir: Die Luft ist rein! Sie duftet nach dem falschen Flieder, der unter unserem Fenster wächst. Im Vorgarten wachsen außerdem: ein Forsythienstrauch, eine Goldrute, eine Eibenhecke, Maiglöckchen und Rittersporn. Wir wissen nicht, wer sich diese Bepflanzung ausgedacht hat. Wir finden sie nicht schlecht und nicht gut und lassen sicherheitshalber die Finger davon.

Weil wir nichts weiter zu tun haben, verwandeln wir uns von Prinzessinnen in kleine Spione. Wir wickeln uns in die braunen Vorhänge und lugen durch einen winzigen Spalt nach draußen. Als der Prinz wiederkommt, halten wir den Atem an und erstarren, als sein Blick uns trifft.

Die Mutter steckt Stoffblumen in das braune, lange Haar meiner Schwester.
Sie klemmt Stoffblumen in meine dünnen, blonden Fransen.
Ich nage die Fransen ab, sobald sie mein Kinn erreichen.

Die Mutter setzt sich an den Rand des Bettes: *Es war einmal eine wunderschöne, junge Frau.*
Die Mutter spitzt ihre Lippen. Sie schimmern korallenrot. Mutters Lippen kräuseln sich. Die Zunge tanzt hinter ihren Zähnen. Ihr Kopf ist leicht geneigt, und als sie die Augen schließt, schließen wir auch unsere. Die junge Frau lebt wohlbehütet in einem Turm, erzählt die Mutter, kein wildes Tier kann ihr etwas anhaben. Sie erfreut sich an der schönen Aussicht und an der guten, frischen Luft. Ab und zu erhebt sie ihre schöne Stimme und singt wunderbare Lieder, um sich die Zeit zu vertreiben. Sie ahnt nicht, wie sehr ihre Mutter sie vermisst, denn die Zauberin kümmert sich gut um sie, sie bringt ihr zu essen und zu trinken und kämmt sogar ihr langes, goldenes Haar. *Und es trägt sich zu, dass der Königssohn durch den Wald reitet und herrlichen Gesang vernimmt.*
Rapunzel, Rapunzel,
Lass dein Haar herunter!
An die Haare deines Vaters kann ich mich gut erinnern, sagt die Mutter und stupst mich an. Wie gelbe Federn, die über seinen Ohren abstanden, als er mir den Rock von der Hüfte riss.
Die Mutter steckt dem Prinzen gelbe Federn an den Hut.
Sie lässt ihn ein Weilchen am Fuße des Turmes warten, manchmal kleben Kletten an seinen Hosenbeinen, manchmal

steigt er ungeschickt von seinem Pferd. Sobald wir die Mutter darum bitten, weiterzuerzählen, fallen Rapunzels Haare herab, und der Königssohn klettert an ihnen hinauf. Seinen Hut verliert er dabei nicht, und die Federn kitzeln Rapunzel am Kinn, als sein Kopf am Turmfenster erscheint. *Und er führt Rapunzel in sein Reich, wo er mit Freude empfangen ward, und sie lebten noch lange glücklich und vergnügt.*

Die Mutter arbeitet im Abstellraum, sie greift nach den Sternen.
Wir haben Schwierigkeiten damit, uns das vorzustellen. Wir wissen, dass das Telefon auf einem winzigen Tischchen neben dem Schuhregal steht und dass die Mutter ein weiches Kissen auf den Stuhl gelegt hat, auf dem sie stundenlang sitzt. Wenn sie fertig ist, hat sie müde Augen und ein rotes Gesicht.
Wir pressen unsere Ohren an die Tür und hören die meiste Zeit nichts. Ab und zu klingelt das Telefon, und leise hören wir Mutters Stimme, doch sie seufzt nur die ganze Zeit, und wir verstehen kein Wort. Sobald unsere Ohren heiß sind, verdrücken wir uns und legen uns mit einem Buch unter das Bett. Wir schlagen es nicht auf, es bleibt zwischen uns liegen, und wir lesen es uns mit geschlossenen Augen vor. Wer einen Fehler macht, verliert und muss der anderen die Füße küssen.

Die Mutter erlöst uns von diesem Spiel. Fertig!, sagt sie und lockt uns unter dem Bett hervor.
Zieht euch die Schuhe an, Mädchen, wir gehen an die frische Luft!
Die Laune der Mutter ist prächtig, wir freuen uns und laufen voraus.

Jede findet einen Stock, und wir müssen nicht streiten, welcher der bessere ist. Wir schlagen uns durch das Gebüsch, wickeln Spinnennetze auf unsere Stöcke und fegen damit über die blühende Wiese, bis wir glauben, dass ausreichend süßer Nektar darauf hängengeblieben ist. Dann zählen wir bis fünf und strecken unsere Zungenspitzen nach dem gelblichweißen Belag. Wir schmecken nur das Holz, und die Zungen bleiben nicht daran kleben, wir werfen die Stöcke in hohem Bogen von uns fort.

Alle Packungen neben der Kassa sind rot. Wir möchten die Kekse mit der blauen Schrift, aber Mutter stellt sie ins Regal zurück. Die sind nicht gut für uns, erklärt sie, und drückt uns zwei rote Schachteln in die Hände. Wir sehen die Packung mit der blauen Schrift in einem Einkaufswagen liegen und Erdbeeren in einem großen Karton. Milch in Glasflaschen, Olivenöl und die Sorte Nudeln, die wir schlecht vertragen. Den Einkaufswagen schiebt eine Frau, die nicht von hier ist. Sie lächelt uns freundlich zu.
Mutter legt Saft auf das Förderband, drei Dosen Fisch und Semmeln im Netz. Wir legen die roten Kekse dazu und meine Schwester steckt Kaugummi in die Tasche ihres Kleides. Ich sehe ihr nicht in die Augen, ich weiß, sie wird teilen, einer für dich und einer für mich, wir werden Blasen machen, wenn die Mutter nicht da ist und gut lüften, damit sie nichts bemerkt.
Gibt es Märchen, in denen Prinzessinnen stehlen? Wir glauben nicht.

Wir stehen am geöffneten Fenster und rufen nach der Katze. Sie kommt und miaut. Wir nehmen ein Keksstück aus der Packung und werfen es hinunter. Ich greife nach der Hand meiner Schwester. Ich spüre einen Widerstand, doch sie folgt mir, ich ziehe sie zur Wohnungstür, sie sagt, wir dürfen das nicht, ich sage, unten wartet die Katze auf uns, die Katze wird uns beschützen.

Wir lieben den Geruch im Treppenhaus, aber jetzt ist nicht die Zeit zu schnuppern, wir tappen die sechzehn Stufen hinunter, so leise wir können, und schleichen rasch ums Eck.

Die Katze ist noch da, sie streicht um die Beine meiner Schwester.

Komm zu mir, sage ich, und bekomme ihren Schwanz zu fassen.

Die Katze drückt ihre Krallen in die Erde, ihr Rücken streckt sich unseren Händen entgegen, ich grabe meine Finger in ihr Fell, bis sie genug hat von uns und zwischen den Hecken verschwindet.

Wir riechen an unseren Fingern, wir riechen nichts, aber meine Schwester zieht mich ins Haus, sie zieht mich ins Bad, wir greifen gleichzeitig nach der Seife, damit unsere Hände nach *Meeresbrise* duften. Wir suchen unsere Kleider nach schwarzen Haaren ab, wir zupfen schwarze Haare aus unseren Socken und werfen sie ins Klo. Wir spülen, bis auch das letzte Haar verschwunden ist, das hartnäckig auf dem Wasser schwimmt.

In Zukunft sperrt die Mutter zu unserer eigenen Sicherheit die Tür ab, wenn sie längere Zeit nicht zu Hause ist.

Hier ist es hell, die Wände hängen voller Bilder. Die Scheiben dürfen wir mit Fingerfarben bemalen, jedes Kind eine Blume, die Farbtöpfe teilen wir uns: Stängel, zwei Blätter, ein bunter Blütenkopf. Nach jedem Strich eilen wir zu den Töpfen, bei jedem Farbwechsel wischen wir brav unsere Finger in ein Tuch. Die größeren Kinder haben beim Malen ernste Gesichter, die kleineren patzen auf den Fensterrahmen.

Ich schiele zu meiner Schwester und prüfe, ob ihre Blume die schönste wird.
Ihr Vater war Maler, er hat sich von einer Brücke gestürzt, sage ich.
Ich sehe Mitleid in den Augen der Lehrerin, für kurze, winzigkurze Zeit, dann drückt sie ihre Hand auf meinen Mund, als wollte sie die Worte zurückschieben, mir kommen sofort die Tränen.
Die Lehrerin lacht, obwohl es nichts zu lachen gibt, und sagt, so, Kinder, jetzt wird aber schön weitergemalt.
Ich schiele zu meiner Schwester, und sie schielt zurück.

Meine Blume wird die größte von allen, ich wähle ein tiefes, tiefes Blau, stelle mich auf die Zehenspitzen, um auch dem obersten Blütenblatt einen schönen Schwung zu verleihen.
Wir seien wie Blumen, sagt die Lehrerin, als wir fertig sind, und sie habe uns alle gleichermaßen gern.

Wir schleppen fortan das Buch mit, wohin wir auch gehen. *Meyers großes Kinderlexikon.* Jemand hat es auf den Deckel des Müllcontainers gelegt, wir freuen uns sehr.
Wir interessieren uns für schwarze Löcher und ausgebrannte Sterne und schlagen noch im Gehen nach. Wir finden Milchstraße und Sternzeichen.
Wir lesen alles über Pilze und lieben Gift, Lamellen und Pilzgeflecht.
Wir stellen uns vor, wie Affenbrot schmeckt.
Wir beneiden Tim, der vor dem Bug eines Frachtschiffes steht.

Wir legen uns nebeneinander auf den Waldboden, unsere Arme und Beine sind nackt.
Wir halten uns an den Händen.
Lassen los.
Wir machen eine Mutprobe, wer es länger aushält, nicht nach der Hand der anderen zu greifen, während wir uns vorstellen, wie unsere Hautschüppchen von Bakterien und Pilzen zersetzt werden.
Wie wir das unter uns pulsierende Pilzgeflecht ernähren.

Wir sitzen mit Mutter im stockdunklen Bad, die Beine nebeneinander ausgestreckt auf den kalten Fliesen. Mutter hat eine Wolldecke auf ihrem Schoß und reibt einen Luftballon daran.

Ihr seid mir zwei Lustige, sagt sie und glaubt nicht, dass das Experiment funktioniert.
Wir bitten sie darum, sich zu bemühen, und reißen gespannt unsere Augen auf.
Wir sehen winzige, bläuliche Blitze.
Wir spüren ein Prickeln an unseren Wangen.
Wir merken, wie uns die Haare zu Berge stehen.
Die Mutter lacht, und wir lachen mit ihr.

Ich habe niemanden außer euch zwei.
Die Mutter lacht, und wir lachen mit ihr.

Der große Tag ist gekommen, die Mutter kehrt mit zwei Taschen voll Kleidung nach Hause zurück.
Wir springen um sie herum wie junge Hasen und reißen uns die alten Kleider vom Leib. Die Mutter packt die Taschen aus und faltet jedes Stück feierlich auseinander. Weil wir so empfindlich sind, hat sie alle Zettelchen herausschneiden lassen. In einem Pullover finden wir doch noch eines, es hat sich zusammengerollt, und als wir es ausrollen, ist nicht zu erkennen, was darauf geschrieben steht, so blass reihen sich Buchstaben und Zeichen aneinander.
Das ist Geheimschrift, sagt die Mutter, nimmt mir den Pullover aus der Hand und holt die Schere.
Wir reiben unsere Nasen an den bunten Stoffen und strecken unsere Arme in die Höhe, damit die Mutter uns anziehen kann.
Meine Mädchen!, sagt sie und wir drehen uns vor ihr in gestreiften Blusen und blassblauen Kleidern und Hosen, die etwas zu kurz sind, und in T-Shirts, die uns fast bis zu den Knien reichen.
Wunderbar, sagt die Mutter.
Wunderbar, sagen wir.

Der große Tag ist gekommen, die Mutter macht frischen Kaffee, doch es ist noch zu früh dafür, er wird kalt, sie schüttet ihn weg, blickt auf die Uhr. Wir rücken die Teller und Tassen auf dem Tisch zurecht, prüfen die Reinheit unserer Fingernägel, proben, artige Mädchen zu sein.
Wir können Geheimnisse bewahren.
Wir dürfen der Frau nicht verraten, dass wir Prinzessinnen sind und dass die Mutter im Abstellraum nach den Sternen greift.
Wir dürfen der Mutter nicht widersprechen, wenn sie der Frau erzählt, dass der gesunde Fisch warm auf den Tisch kommt, denn das will die Frau hören.
Wir sollen höflich sein zum Besuch, wir sollen erzählen, was der Besuch von uns erwartet.
Wir erfinden Namen:
Mia
Clara
Claudia
Magdalena
sind unsere allerbesten Freundinnen, die uns jeden Tag nach der Schule zum Spielen abholen, ihre Spielsachen mit uns teilen und uns zu sich nach Hause einladen.
Wir ersetzen Magdalena durch Sarah.
Wir ersetzen Clara durch Carmen.
Wir ersetzen Mia durch Petra.
Wir kennen uns nicht mehr aus und einigen uns auf Anna und Susanne.
Wir werden zappelig, weil sich die Mutter ständig an den Beinen kratzt.

Weil wir so leise sind, hören wir die Uhr vom Kirchturm schlagen.
Die Mutter springt auf und macht noch einmal eine Kanne Kaffee. Es klingelt an der Tür, wir dürfen aufmachen und Grüßgott sagen.
Grüßgott!
Grüßgott!
Wir geben die Hand.
Die Frau ist dick und hat eine gestreifte Handtasche. Sie lässt die Schuhe an, wirft im Vorbeigehen einen Blick in unseren Spiegel und in unser Wohnzimmer.
Möchten Sie unser Kinderzimmer sehen?, fragen wir.
Wir öffnen die Tür und zeigen stolz auf unsere frisch überzogenen Betten.
Schön!, sagt die Frau und lässt sich auf einen der Stühle in unserer Küche fallen. Die Mutter stellt Zucker und Milch vor sie hin und die Kekse aus der blauen Packung, die sie kunstvoll in mehreren Lagen auf unseren schönsten Teller gelegt hat.
Bitte!, sagt die Mutter.
Wir setzen uns, schmal, wie wir sind, nebeneinander auf einen Stuhl und beobachten, wie die Frau ein Heft aus ihrer Tasche zieht.
Sie spricht über Dinge, die wir nicht verstehen.
Unsere Mutter lauscht angestrengt ihren Worten.
Wir sollen zum Spaß unsere Münder weit aufmachen und der Frau unsere Zähne zeigen. Sie sind weiß wie Schnee.
Die Frau schreibt in ihr Heft.
Meine Mädchen!, sagt die Mutter und streicht uns sanft übers Haar.
Sie sind noch im Wachsen, sagt die Mutter.
Sie sind oft an der frischen Luft.
Wir fragen uns, ob wir vom Wald erzählen dürfen, aber sicherheitshalber sagen wir nichts.

Wir haben genug damit zu tun, die Frau zu beobachten. Wir finden, dass sie weder schön angezogen ist noch besonders gut riecht. Wir mögen aber ihren Stift, der mit leisem Kratzen über das Papier fegt wie ein verzauberter Besen. Sie schreibt so groß, dass sie dauernd umblättern muss, sie füllt bald das halbe Heft, obwohl sie sehr viel und die Mutter kaum etwas sagt. Wir wundern uns ein wenig, dass die Frau den Kaffee nicht anrührt und auch die Kekse nicht, auf die wir bereits voller Vorfreude warten. Auch der Mutter fällt es auf, sie schiebt den Teller etwas näher an die Frau heran und deutet auf die volle Kaffeetasse, die schon längst nicht mehr dampft, und die Frau lächelt und nickt, als wollte sie jeden Augenblick zugreifen, doch stattdessen lässt sie ihren Stift über das Papier tanzen und spricht mit der Mutter über rohes Gemüse und Schlafenszeiten. Die Mutter zeigt der Frau den Kühlschrank, und die Frau muss aufstehen, um hineinsehen zu können.

Vielen Dank, sagt die Frau, setzt sich nicht wieder, sondern geht hinter der Mutter in unser Bad. Die Mutter zeigt ihr unsere Badewanne und das Waschbecken und den Vorrat an *Meeresbrise* und unsere Handtücher und unsere Zahnbürsten und unsere Haarbürsten und die Kinderpflaster und das Klopapier, und die Frau schnauft.

Vielen Dank, sagt sie plötzlich, sieht uns streng ins Gesicht und erblickt auf dem Regal neben der Tür eine getrocknete Plastillinfigur.

Wie schön, habt ihr das gemacht?, fragt sie und greift nach dem bunten Tier mit dem haarnadeldünnen gebogenen Schwanz. Wir hätten schwören können, dass sie es fallen lässt, und wir haben recht, es zerspringt in tausend Stücke.

Oh!, sagt die Frau und bringt sogleich unsere schönen Frisuren in Unordnung.

Macht doch nichts!, sagt sie, als hätten wir das Tier zerstört, und die Mutter kommt schon mit dem Kehrbesen, und die Frau beeilt sich, unsere Wohnung zu verlassen.

Vor uns geht die rothaarige Lehrerin mit ihrem Kind. Von hier aus können wir die Zahnlücke nicht sehen, die uns so gut an ihr gefällt. Wir sehen ihr wehendes Haar, ihr gesprenkeltes Sommerkleid, ihren rechten Arm, den sie nach ihrem Kind ausstreckt, um es von der Straße auf den Gehsteig zu ziehen. Sie trägt flache Schuhe, das Kind hat einen Sandeimer in der Hand. Wir versuchen sie einzuholen, doch unsere Mutter fällt zurück, und wir bleiben schön an ihrer Seite.
Schon aus der Ferne hören wir Stimmen, und wir folgen der Mutter zum Spielplatz. Die Schaukel ist besetzt, und im Sand liegen Berge von Spielzeug. Sobald die anderen Mütter uns sehen, versenken sie ihre Blicke in den bunten Saftbechern ihrer Kinder. Wir kommen ihnen nah und achten aus Höflichkeit darauf, nicht auf ihre Picknickdecken zu treten. Unsere Mutter streicht uns übers Haar und gibt uns einen Schubs.
Spielt, Mädchen!
Die anderen Mütter beobachten uns aus den Augenwinkeln und hüten ihre Kinder.
Marta!, rufen sie, nicht zu schnell!
Felix!, rufen sie, nicht zu hoch!
Alma!, rufen sie, komm kurz zu mir!

Einige Kinder quietschen, während sie versuchen, voreinander davonzulaufen oder einander zu fangen.
Einige Kinder sitzen im Schatten und frisieren Puppen.
Einige Kinder springen mit fliegenden Zöpfen über gespannte Gummischnüre.
Alle machen um uns einen Bogen, als seien wir giftig.

Geht weg!
Wir stellen uns zur Rutsche, die uns nicht interessiert, und sehen zu, wie einem Mädchen Blut aus den Knien rinnt. Wir versuchen, andere Kinder zu fangen, ihnen den Ball wegzunehmen, aus ihren Bechern zu trinken.
Geht weg!
Geht weg!
Die Mütter tuscheln und behalten uns im Auge. Unsere Mutter steht abseits im Schatten. Sie hat ihr Kinn hoch erhoben und kümmert sich nicht um das Gezische.

Wir können nicht wie andere Kinder spielen.
Wir kennen schlimme Wörter und sagen sie ihnen ins Gesicht.
Wir finden es nicht lustig, von den anderen Kindern ausgelacht zu werden und wollen auf der Stelle wieder nach Hause.
Ihr braucht keine Freunde, sagt die Mutter, als wir die Kinder mit ihren von Zucker glänzenden Lippen wieder verlassen, ihr habt ja mich.

Meine Schwester möchte tauschen, denn sie stellt es sich schöner vor, einer Frau den Rock von der Hüfte zu reißen, als zerschmettert und kalt im Bachbett zu liegen.

Sie bietet mir ihren teuren Blumenring als Draufgabe an.

Wir sitzen auf dem Teppich vor unserem Bett, und sie steckt mir das Ringlein an den Finger.
Mir ist es recht, ich mag den Bach und die Schlucht und kann ab jetzt jeden Sonntag den Absprungplatz meines Vaters besuchen.

Wir besiegeln den Tausch mit einem Kuss, wie wir es aus den Märchen gelernt haben, und schwören uns, der Mutter nichts davon zu sagen.

Wie wunderschön die Sonne über dem Meer aufgeht, lernen wir in der Schule. Wasser und Himmel leuchten in sattem Orange, ganz langsam schiebt sich der strahlende Himmelskörper über den Horizont.
Wir singen ein Lied über den Sonnenaufgang.
Wir erfahren, dass man blind wird, wenn man zu lange in die Sonne schaut.
Die Größeren lesen einen Text über das Planetensystem, die Kleineren beschriften ein Arbeitsblatt.
Die Mutter schlägt uns die Flausen aus dem Kopf, als wir sie darum bitten, mit uns ans Meer zu fahren.

Wir wollen den Sonnenaufgang sehen und dafür heimlich auf das Dach unseres Hauses klettern. Im Trockenraum sind wir alle heiligen Zeiten, es duftet nach Wäsche und altem Holz. Wir schnuppern uns durch die Handtücher, die steif wie Bretter sind. Weil wir vergessen haben, unsere Socken anzuziehen, trippeln wir auf eiskalten Zehen über die staubigen Dielen. An einer Leine mit Unterwäsche machen wir halt. Wir können der Versuchung nicht widerstehen und verstecken eine
zwei
drei
vier
fünf Unterhosen hinter einem klapprigen Schrank. Man wird uns niemals erwischen, denken wir, doch wir beenden den Spaß, weil wir uns beeilen müssen, der Sonnenaufgang dauert nur einen kurzen Moment. Wir wollen überprüfen, ob sich die Kugel am Horizont in dunklem Gelb erhebt und ob wir uns am Morgenrot erfreuen können.
Wir steigen mühelos durch die Luke und sprechen dabei über den Mann, der einmal versucht hat, eine Metallplatte hindurchzuschieben.
Dann sprechen wir über den Rauchfangkehrer, der uns noch nie Glück gebracht hat, sondern immer grimmig schaut und uns verscheucht.
Und wir sprechen über den Korb mit bunten Wäscheklammern, den wir früher so gerne ausgeleert und wieder eingeräumt haben, während die Mutter unsere Laken auf die Leinen spannte.

Wie zwei Tauben sitzen wir in unseren Nachthemden eng an den Kamin gedrückt und starren ins Grau des beginnenden Morgens.

Wir streiten darüber, wo der Horizont ist, weil unser Blick einigermaßen verloren über andere Hausdächer und große Bäume irrt. Uns beschleicht ein böser Verdacht. Wir warten und streiten leise. Wir sind uns nicht sicher, ob der Himmel immer hellgrauer wird oder ob sich unsere Augen an das Dämmerlicht gewöhnen. Wir zittern in der Kälte des Morgens und treten enttäuscht den Rückzug an, als wir in der Ferne jemanden vom Bäcker kommen sehen. Wir bemerken natürlich, dass die blasse Sonne längst über den Dächern am Himmel steht.

Das goldene Königinnenhaar meiner Mutter ist von grauen Strähnen durchzogen. Die Haare der Lehrerin schimmern kastanienrot. Sie trägt ihre Fingernägel kurz und streicht damit über die Kanten von gefaltetem Papier. Sie duftet nach Maiglöckchen oder nach Flieder, unsere Hefte legt sie in eine helle Korbtasche. Aus dem roten Handtäschchen unserer Mutter quellen Taschentücher und zerknüllte Kassabons. Die Mutter sagt, das Meer sei einfach nur schmutziges Wasser, das man nicht trinken dürfe, weil man sonst eine Salzvergiftung bekomme. Die Lehrerin sagt, das Meer schimmere wie die Haut eines uralten Tiers. Die Mutter verbietet mir, noch einmal mit dem Meer anzufangen, eine Reise komme nicht in Frage.
Ich solle mir das Meer ein für alle Mal aus dem Kopf schlagen, sonst würde sie schon dafür sorgen. Ich ducke mich unter ihrer Hand.
Wir gehen zur Holzbrücke und sehen uns den Bach an.

Einmal im Monat kommt ein Priester, er stellt sein Auto auf dem gepflasterten Vorplatz ab, huscht in die Kirche und kommt nach neunzehn Minuten und siebenunddreißig Sekunden wieder heraus. Wir stellen ihm ein Bein, das ist der Plan, aber dass er wegen uns blutige Handballen hat, in denen winzige Steinchen stecken, das wollen wir nicht, also bauen wir in letzter Sekunde eine Falle aus Wortmaterial, und als er unverletzt und in voller Größe vor uns stehenbleibt, zielen wir mit unserer Frage genau auf seine Stirn. Er weiß, dass wir wissen, dass wir freche kleine Biester sind, daher behelligt er uns nicht mit einer Belehrung, sondern schießt zurück. Er trifft in beide Herzen.

Die Zukunft kratzt an unserer Haut wie ein Pullover aus billigem Garn. Um uns abzulenken, basteln wir kleine Schiffchen aus Papier und setzen sie auf die Wasserlache, die unter dem Waschbecken entstanden ist.

Obwohl man die Sonne hinter den dicken Wolken nicht sehen kann, ist die Hitze kaum auszuhalten. Ich trage das Handtuch, meine Schwester trägt ihren Badeanzug. Wir begegnen keiner Menschenseele, doch wir riechen schon von Weitem den trägen Fluss. Seine tiefgrüne Duftspur lockt uns unwiderstehlich an, so wie die Kühe, die gierig das nahezu stehende Wasser trinken, oder die Kröten, deren Laich schwarzen Perlenketten gleich an der Wasseroberfläche treibt. Der Bauer ist heute im Holz, und so durchqueren wir ungestört seine Weiden. Wir lassen uns von kleinen blauen Schmetterlingen ablenken und beginnen zu rennen, als Pferdebremsen an unser Blut wollen. Wir teilen unser Blut mit niemandem und hassen die Pusteln, auf denen Eiterblasen wachsen. Wir hassen Blutsauger, auch die mit den schönen Namen, wir hassen Schmetterlingsmücken, Sandmücken, Herbstgrasmilben und Gnitzen, wir hassen Stechfliegen, Flöhe, Wanzen und Läuse, wir hassen Zecken, Blutegel und Eulenfalter. Wir haben die vollständige Liste in unser Buch eingelegt, wir haben sie auswendig gelernt, wir sagen sie uns vor.
Wir laufen unterschiedlich schnell, obwohl wir gleich lange Beine haben. Ich sehe, wie meine Schwester sich ärgert, wie sie darum kämpft, nicht in hektisches Trippeln zu verfallen, wie sie ihre Schenkel nach oben reißt, als würde das etwas ändern. Ich verlangsame mein Tempo, um den schönen Tag nicht zu verderben.
An einer Stelle versinken unsere Füße bis zu den Knöcheln im morastigen Untergrund, in kleinen Gruben stehen ölig schimmernde Wasserlachen. Wir halten inne, um sie zu untersuchen, riechen an der schwarzbraunen Erde, bohren unse-

re Finger hinein und spülen die Hände mit dem regenbogengleichen Wasser. Bevor es zu spät für das Baden ist, besinnen wir uns, suchen eine Stelle am Ufer, an der keine Kuhfladen liegen, hängen unsere Kleider ins Schilf. Meine Schwester schlüpft in ihren getupften Badeanzug, der über ihrem gewölbten Kinderbauch spannt und hinten zwischen den Pobacken verschwindet. Und auf einmal denke ich: Warum ziehst du ihn nicht einfach aus. Ich blicke an mir hinunter und sehe die Rippen unter meiner gebräunten Haut. Ich steige nackt ins Wasser, lasse mich treiben. Die Schwester schnauft, als sie versucht, an die andere Uferseite zu gelangen. Ich drehe mich auf den Rücken und bewege Arme und Beine wie eine Qualle, ich habe das Gefühl, endlos lange so schwimmen zu können, schließe die Augen, hege den Verdacht, mich im Kreis zu bewegen, und erwarte gleichzeitig jeden Moment, mit dem Kopf ans Schilf zu stoßen, an die ins Wasser ragenden Wurzeln der Weiden oder an etwas, von dessen Existenz ich nichts wissen will.

Das Schwimmen hat uns die Mutter schon früh beigebracht, wir besaßen zusammen ein Paar Schwimmflügel. Eine musste immer brav am Ufer des Baggerlochs sitzenbleiben und durfte sich nicht rühren, während die Mutter die Arme und Beine der anderen bewegte, geduldig, immer schön abwechselnd, so lange, bis wir ihre zwei kleinen Fröschchen waren, die sie getrost aus den Augen lassen konnte. Wir waren traurig, als es das Baggerloch auf einmal nicht mehr gab, als das Wasser verschwand, ein Parkplatz gebaut wurde und einige flache Hallen mit Metalldächern.

Ich bin kein kleiner Frosch, ich bin eine Würfelqualle, ich verteile mein Gift im Umkreis von Kilometern, nicht einmal die Libellen dürfen sich der Wasseroberfläche nähern, denn noch im aufsteigenden Dunst ist so viel Gift enthalten,

dass es umgehend ihren Flügelschlag lähmt. Meine Tentakel streifen über den lehmigen Grund des Flusses, finden Zuckmückenlarve, Schlammröhrenwurm und Posthornschnecke. Blutegel, Wasserassel und ab und zu einen müden Fisch. Ich bin eins mit dem Wasser und fürchte mich nicht.
Wer da schreit, ist meine Schwester. Ich richte mich auf, blicke in ihre Richtung, sie winkt aufgeregt, das Wasser spritzt, ich erschrecke, doch es sind nur die dunklen Wolken, die sie meint. Ich fürchte mich nicht, auch nicht, als das Grollen meine Ohren erreicht, immer noch nicht, als ich es blitzen sehe. Jetzt schreit sie nicht mehr, sie brüllt, und ich beende das Theater, indem ich aus dem Wasser steige, mich mit ihr verbünde, es ist doch noch fern, sage ich. Sie zittert, hat wirklich Angst, ich reiche ihr das Handtuch, steige, nass wie ich bin, in mein Kleid, helfe ihr mit den Schuhen, weil sie vor lauter Zittern die Schnürsenkel nicht binden kann.
Wir halten uns an den Händen und laufen nach Hause, so schnell wir können, während schwerer Regen auf uns fällt.

Entschuldigung!, Entschuldigung!, Entschuldigung!, schreien wir, als die Mutter in einem Anfall damit droht, unsere Papiere zu vernichten.
Sie fuchtelt mit einem Feuerzeug vor unseren Gesichtern herum, all unsere Dokumente hat sie samt den Klarsichthüllen aus der Mappe gerissen und auf den Tisch geworfen.
Wollt ihr, dass ihr verschwindet?, kreischt sie und jede von uns bekommt eine Ohrfeige, die Wange und Ohrmuschel glühen lässt.
Jede von uns wird an den Haaren gerissen und angebrüllt, ehe sie uns unvermittelt, wie aus dem Hinterhalt, in die Arme schließt und gleich darauf weinend zusammenbricht.
Ein Häufchen.
Ein Häufchen Elend.
Wir weinen nicht, wir schluchzen später, nachts, in unseren Betten. Jetzt müssen wir beweisen, dass wir stärker geworden sind, dass wir uns vor nichts und niemandem fürchten, auch vor unserer Mutter nicht.
Ich bin nicht schlecht, sagt sie, ich bin eure Mutter.
Ich weiß, sagt meine Schwester.
Ich weiß, sage ich.
Wir helfen der Mutter hoch, glätten ihr Haar und setzen uns an den Tisch.
Die Mutter liest uns die Dokumente vor.
Hält uns Geburtsurkunde, Staatsbürgerschaftsnachweis und Meldezettel dicht vor die Augen. Ein Schreiben vom Amt. Eine alte Zugfahrkarte. Eine Rechnung, an deren Herkunft sie sich nicht mehr erinnern kann.
Ohne all dies hier seid ihr nichts, sagt sie.

Wir nicken betreten und sehen zu, wie sie Folie um Folie in eine Schachtel legt. Die Löcher in den Klarsichthüllen sehen aus, als hätte man Schmuck von Ohrläppchen gerissen, die Mappe ist nicht länger zu gebrauchen.

Ihr könnt sie haben, sagt die Mutter, wollt ihr? Wir nicken, versuchen, die verbogenen Ringe zu schließen, die Dellen an den Ecken zu glätten, bedanken uns und warten, bis sie den Blick von uns abwendet und wir in unser Zimmer verschwinden können.

Wir lassen unsere Fingernägel wachsen, sodass die tiefe Rille
zwischen Nagel und Fingerkuppe zu einer Behausung wird
für duftiges Moos
für luftige, dunkle Walderde
für feinste Rindensplitter
und vor allem:
für die blassblauen Fasern unbestimmter Herkunft.

Wir lesen in der Zeitung, die wir dem Bauern gestohlen haben. Wir treiben uns bisweilen auf seinem Hof herum, streicheln hier ein Kalb und dort ein Lamm und provozieren den Bock, der allein in seinem Pferch stehen muss und nie etwas erlebt. Der Bauer lässt uns gewähren, er hat zu tun. Wenn wir größer sind, sagt er, können wir uns etwas Geld bei ihm verdienen. Wir kichern und verschwinden im Stall. Üben heimlich, mit der Heugabel etwas Futter in die Tröge zu werfen, die schwere Scheibtruhe zu schieben, Milchpulver für die Lämmer anzurühren. Wir sind nicht sicher, ob uns das gefällt, und laufen wieder nach draußen zwischen die Hühner.

Wir schlagen im Kinderlexikon nach, welche Zeitungswörter wir nicht verstehen, doch nur selten werden wir fündig. Wir schreiben die Wörter auf ein Blatt Papier und werden die Lehrerin fragen, der Oberschläue ein wenig unheimlich ist. Auch die Mutter mag Oberschläue nicht.
Wir sehen uns in der Zeitung aber auch die Bilder an: brennende Fahrzeuge, einen Atomreaktor, freundliche Menschen hinter einem Absperrband. Eine halbnackte Frau, Werbung für Schuhe. Hinten finden wir das Fernsehprogramm.

Unsere Mägen knurren, denn heute hat die Mutter keine Zeit für uns, sie ist damit beschäftigt, Listen mit Zahlen zu schreiben und all die Dinge zu sortieren, die sich seit Wochen in unserem Wohnungsflur stapeln. Wir dürfen unter keinen Umständen etwas anfassen und sie nicht bei ihrer Arbeit stören. Eine Aufregung macht sich breit, die auch uns erfasst.

Wir kratzen uns ständig an den Beinen. Wir versuchen, uns Eier zu kochen. Wir haben keine Ahnung, wie das geht, denn Kinder haben sich vom Herd fernzuhalten, die Mutter hat für die Kinder zu sorgen, die Mutter trägt die Bürde, zu entscheiden, was auf den Tisch kommt und zu welcher Zeit, die Mutter hat dafür Sorge zu tragen, dass sich die Kinder kein kochendes Wasser über die Brust schütten, und dafür, uns auch noch in die Geheimnisse der Kochkünste einzuweihen, hat sie bei Gott keine Kraft. Wir füllen Wasser in den Topf, schalten die Herdplatte ein, warten, bis Bläschen aufsteigen, lassen ein Ei hineinfallen. Meine Schwester schreit. Ein kochender Wassertropfen ist auf ihre Stirn gespritzt, ich halte ihr den Mund zu, sie schlägt um sich, als würde sie an der Verbrühung sterben, die Mutter stößt die Tür auf, sie schreit lauter als meine Schwester, sie reißt ihr das Kleid vom Körper, ehe sie begreift, dass es trocken ist. Sie schlägt uns vor Erleichterung ins Gesicht.

Wir gehen in unser Zimmer.
Wir legen uns bäuchlings vor die Zeitung, die wir dem Bauern gestohlen haben.

Es läutet an der Tür, wir schieben die Zeitung unter das Bett, springen ins Halbdunkel des Flurs und beobachten die Mutter, wie sie die angeschleppten Dinge wieder verkauft: eine Vase, einen guten Topf, eine Tasche, die sie schon an zehn andere Leute hätte verkaufen können, einen Ring mit rotem Stein, einen Bilderrahmen, sonstige Qualitätsarbeit, gute Jacken, einen leeren Vogelkäfig, noch eine Vase, einen Fön. Die Leute kommen und gehen, sie bringen Geld mit, das die Mutter in ihre Taschen stopft.
Kommt her, Mädchen!
Bevor der nächste Mensch an der Tür klingelt, drückt sie uns

die zerknüllten Scheine in die Hände. Wir tragen sie artig in die Küche, streifen sie nacheinander glatt und bilden ordentliche Stapel.
Wir verstecken je einen Schein unter unseren Betten.

Die Mutter will nicht, dass ihre Mädchen lernen, wie man kocht. Wir wissen nur, wie man Fischkonserven öffnet, ohne sich zu schneiden oder die rote Sauce auf die Wände zu spritzen.

Sie befiehlt uns, uns zu setzen, sobald wir die Küche betreten, jede artig auf ihren Platz.

Sie erfüllt ihre Rolle mit Bravour, sie nährt ihre Kinder und hält die Wohnung rein.

Ihr Rücken verdeckt das geschäftige Tun ihrer Hände.

Die Mutter macht uns:

Nudeln mit Butter

Milchsuppe mit Nudeln und Zucker

warme Milch, in die wir unsere Kekse tunken und vor deren Haut wir uns ekeln.

Manchmal gibt sie uns Apfelspalten, damit wir rote Backen bekommen.

Zwischen *Asien* und *Atlas* hat kein Astronaut Platz, und wir streiten darüber, ob wir stattdessen Architekt oder Arzt werden wollen. *Frau Dr. Lange verschreibt Andrea ein Medikament.* Das klingt nicht schlecht, schreiben können wir. *Wenn jemand ein Haus bauen möchte, bespricht er mit einem Architekten, wie er sich sein Haus vorstellt. Dann zeichnet der Architekt, wie es außen und innen werden könnte.* Zeichnen können wir nicht so besonders, nur Blumen, und wir bezweifeln, dass man damit als Architekt weit kommt.
Wir versuchen es weiter hinten. Heldin würde uns gefallen. Heldinnen gibt es hier aber nicht, auch keine Helden. Hexe, Handwerker, Gastarbeiter. Wir sehen uns die Geburt an. Sie ist keine blutige Angelegenheit. Fußgänger. Wir wissen natürlich, dass das kein Beruf ist. Förster. Fleischer. Familie. *Ich finde so eine große Familie schön, wenn man genug Platz hat und sich gut versteht, meint Mutter.* Wir sind nicht sicher, ob wir eine große Familie sind. Wir sind nicht sicher, ob wir uns gut verstehen. Die Familie ist nicht abgebildet, wir sehen uns den Fallschirm, den Falken, das Fahrrad und die Fabrik an. Wir finden Frank blöd, weil er auf der Wiese herumliegt und idiotische Fragen stellt.
Ich schlage vor, mit rotem Stift eine Heldin einzutragen. Zwischen *Heizung* und *Herd* hat eine Zeile Platz. Ich könnte schreiben: *Ich muss jemanden retten, sagt Heike, obwohl es gefährlich ist, und sie schafft das.*
Meine Schwester möchte nicht.
Wir könnten Heike als Heldin an den Herd stellen, neben dem Herd ist für eine schmale Bleistiftzeichnung Platz.
Meine Schwester möchte das nicht.

Wir könnten ein Blatt einlegen und in aller Ruhe Heikes Heldentaten beschreiben.
Meine Schwester möchte auch das nicht.
Meine Schwester möchte, dass das Buch bleibt, wie es ist. Ich starre verärgert auf den Topf auf dem Herd und auf die Tollkirsche und auf den Fingerhut, die beide unverständlicherweise bei den Heilpflanzen abgebildet sind, denn wer weiß schon, was eine heilsame, winzige Menge ist – wer dieses Buch ernst nimmt und keine Blätter einlegt und Ergänzungen vornimmt, der sicher nicht, der liest *Heilpflanze* und ist zu faul zum Weiterlesen und sieht sich das Bild von der Tollkirsche an und geht in den Wald und stirbt unter elenden Krämpfen. Meine Schwester heult, obwohl ich sie nicht einmal berührt habe. Ich schließe das Buch und werfe es ihr in den Schoß, jetzt heult sie noch mehr. Ich krieche unter das Bett zu meinen Listen und schreibe in Großbuchstaben *HELDIN* und hasse den Namen Heike und schreibe, dass Helena große Taten vollbringt.

Wir wissen, dass man keine Fahrräder nehmen darf, die unabgesperrt und unbeobachtet im Gras liegen.
Meine Schwester widersteht der Versuchung und geht zu Fuß.
Ich blicke mich um, prüfe, ob die Luft rein ist.
Keiner zu sehen.
Ich hebe das Rad auf, die Farbe des Rahmens passt perfekt zu meinen Sandalen, die Höhe des Sattels passt perfekt zur Länge meiner Beine, die Griffe am Lenker schmiegen sich in meine Handflächen, als wären sie für meine Hände gemacht. Ich steige auf und sause in Richtung Wald, wo mich niemand beobachten kann. Die Nebenstraße verläuft sich bald, die Reifen wackeln auf dem schottrigen Forstweg hin und her, ich versuche, den Schlaglöchern auszuweichen, was ausgezeichnet gelingt. Ich fasse Mut: Der Forstweg endet, die Reifen wackeln auf dem Waldpfad hin und her, meine Oberarme werden heiß, ich kann den Lenker kaum geradehalten. Eine Weile holpere ich über Wurzeln, passiere Farnkraut und Wacholder, einen vom Blitz getroffenen Baum, einen Fliegenpilz, eine dunkle Senke, die ich zu einer Lichtung hin verlasse. Hier beginnt das Reich des Bauern. Ich werde übermütig: Ich steige ab und schiebe das Fahrrad auf eine frisch gemähte Anhöhe, ich überblicke die Wiesen, die Weiden, den Kartoffelacker, den Fluss, fasse eine kleine Kuppe ins Auge, stelle meine Füße auf die Pedale, löse die Bremsen und rase nach unten, bis es mich plötzlich überschlägt.
Metall auf Haut
Knochen auf Metall
Metall im Fleisch
ein Vorfall, der sich nicht mehr aufhalten lässt, ich versuche,

den Kopf zu schützen, das Gesicht, rolle mich ein, drehe mich mehrmals um die eigene Achse, komme schließlich zum Stillstand.

Ich liege in einem zerfetzten Kleid auf der Wiese.

Dem Fahrrad ist kaum etwas passiert, mir hingegen rinnt Blut aus einem klaffenden Riss.
Ich glaube nicht, dass der Bauer etwas gesehen hat. Der Bauer hält für gewöhnlich einen Mittagsschlaf.
Ich drücke mit dem Handballen auf die Wunde, wische gleichzeitig Erde vom Kleid, verschmiere alles nur noch mehr, fange an zu heulen.

Der Bauer hat den Vorfall nicht gesehen, dennoch kommt er aus dem Wald gelaufen, er kniet vor mir im Gras, wickelt ein Taschentuch um mein Bein, hebt das Fahrrad auf, stellt fest, dass dem Rad nichts passiert ist, besteht darauf, mich nach Hause zu begleiten.

Ich glaube, ich sterbe.

Trotzdem sage ich, es ist alles gut, danke für das Taschentuch, ich schaffe das alleine.

Der Bauer ist stur.

Wenn ich nicht jetzt sterbe, dann später. Bald.

Meine Schwester versteckt sich hinter der Mutter, ich kann nicht sagen, ob ihr Haifischmund zu einem Grinsen verzogen ist, sie wird es bereuen, ich werde den Blumenring mit ins Grab nehmen, so viel steht fest.

Die Mutter bedankt sich für das Taschentuch und dafür, dass der Bauer das Fahrrad, das ich gerade eben zum Geburtstag bekommen habe, mitgebracht hat, zum Glück ist wenigstens dem nichts passiert, das wäre ja schade gewesen, nicht?, Kinderhaut heilt schnell, ich höre die Mutter lachen, der Bauer ist sich ganz sicher, dass er das Taschentuch nicht wiederhaben möchte, waschen lohnt sich nicht, er hat ein ganzes Schrankfach voll, man kann es wegwerfen, Blut ist schwer herauszubekommen, er wünscht mir gute Besserung und denkt, dass ich in den kommenden Tagen sehr viel Eis und Schokolade bekommen werde zum Trost.

Ich weiß, dass ich sterben werde.
Zum Geburtstag habe ich ein Windrad aus Plastik bekommen.

Die Mutter schiebt mich ins Kinderzimmer.
Sie bringt mir einen Topf mit warmem Wasser.
Einen Waschlappen.

Sie schließt die Tür, und ich höre, wie sie von außen einen Stuhl unter die Türklinke schiebt.

Auch in der Schule fließt Blut. Es fließt aus Nasen, aus Fingern und aus Knien. Die Lehrerin hat eine Schachtel voller Pflaster und Verbandsmaterial, eine Schachtel voller kleiner Schokoladentäfelchen, eine Schachtel voller Glitzeraufkleber. Meine Schwester und ich würden gerne alle drei Schachteln stehlen, aber so sind wir nicht. Wir folgen den blutenden Kindern gierig mit unseren Augen, wir würden gerne deren Tränen vergießen. Wir beobachten, wie die Lehrerin Taschentücher reicht, leise und sanft mit den Kindern spricht, nasse Wickel von deren Freundinnen und Freunden entgegennimmt, die in einem engen Kreis um die Verletzten herum stehen. Die Lehrerin legt die meistens noch tropfenden Wickel auf heiße Nacken oder auf rote Knie. Sie tupft sehr vorsichtig das Blut ab, legt Arme und Beine hoch, bettet Köpfe auf ihrem Schoß, lässt die Kinder ihre Lieblingspflaster aussuchen und wählen, ob sie lieber ein Stück Schokolade mit Erdbeerfüllung oder ohne hätten.
Die verletzten Kinder müssen an diesem Nachmittag keine Hausübung machen, sie sollen sich von ihren Müttern verwöhnen lassen und sich gut erholen.
Die Lehrerin ist eine Mutter, die sich jedes Kind ausmalen würde. Sie hat:
rote Haare
eine Zahnlücke
duftende Haut
ein flatterndes Sommerkleid
hübsche Riemchensandalen
eine große Handtasche, in der es klimpert und raschelt
eine Uhr, die haargenau die Zeit anzeigt
viele Mappen mit gelochten Blättern

so viele Bücher zu Hause, dass sie nicht mehr weiß, wohin damit
niemals schlechte Laune
niemals zu wenig Geduld
niemals Kopfschmerzen
niemals Erschöpfungszustände
eine Stimme, die fast nie laut wird
jemanden, der ihr mit ihrem großen Garten hilft
jemanden, der manchmal auf ihre Tochter aufpasst

Wir sind uns sicher, dass die Lehrerin mit ihrer Tochter den ganzen Nachmittag lang Schule spielt.

Die Mutter wählt für mich ein Kleid aus, das bis zu meinen Knöcheln reicht. Es ist türkis und hat weiße Punkte, der Stoff kratzt an meinen Rippen, ich sehe lächerlich aus, aber die Mutter findet, es steht mir ausgezeichnet. Das Kleid meiner Schwester ist blau und mit unzähligen Kätzchen bedruckt. Eine große Schleife ziert den Ausschnitt. Mutter bindet eine weitere große Schleife in ihr Haar und drückt ihr einen Kuss auf die Stirn.
Ich will ein anderes Kleid, doch die Mutter kennt kein Erbarmen, wir sind ihre Prinzessinnen, die Königin bestimmt, was ihre Töchter tragen. Wir sollen stolz unser Kinn heben und uns nicht um die anderen scheren.
Sie schiebt uns durch die Wohnungstüre und winkt noch lange aus dem Fenster.

Wir trippeln in kleinen Schritten die Dorfstraße entlang, Hand in Hand, zwei geschmückte Mädchen auf dem Weg zur Schule.

Schon hören wir es zischen.
Hinter dem Gartenzaun.
Aus dem Gebüsch.
Aus dem vorbeifahrenden Auto.
Fahrräder rasen klingelnd an uns vorbei.
Auf dem Schulhof trifft uns zerknülltes Papier.

Die Prinzessinnen sind da!, hören wir.

Auch die Mutter hat ein Prinzessinnenkleid.
Sie legt es an, bevor sie in den Abstellraum geht, obwohl darin nichts zu finden ist außer dem Schuhregal, dem Besen, dem Staubsauger, einigen Jacken, einem Stuhl, einem Telefon.

Sie cremt ihre Haut ein, wir helfen ihr mit dem Rücken.
Wir wärmen vorher unsere Hände wie Kammerzofen.
Wir flüstern ehrfürchtig, wenn wir wissen wollen, welchen Lippenstift wir bringen sollen.
Hyazinthe
Sahara
Oasis
Black Rose
Korall
Wir bürsten sorgfältig ihr Haar.
Wir schließen den Reißverschluss ihres Kleides.
Wir helfen ihr dabei, die Riemen ihrer hohen Schuhe zu schließen, das ist gar nicht so leicht. Wir lauschen dem Klacken der Puderdose. An guten Tagen bekommen wir etwas von ihrem wertvollen, duftenden Sprühnebel ab.

Spielt schön, Mädchen!

Manchmal verschwindet die Mutter nicht im Abstellraum, manchmal macht sie Besorgungen.

Spielt schön, Mädchen!

Zu unserer Sicherheit dreht die Mutter den Schlüssel zweimal im Schloss, wenn sie uns längere Zeit alleine lässt.

Wir lehnen uns aus dem Fenster und winken.

Ich schlüpfe aus den Ärmeln des Kleides und klappe das Oberteil nach unten, binde die Ärmel wie einen Gürtel um meine Hüften. Ich trage ein weißes Unterhemd mit roten Blumen. Meine Schwester reißt vor Schreck ihren Mund auf, als ich nach der Pause so in die Klasse komme. Ich vergleiche das Unterhemd mit der ärmellosen Bluse der Lehrerin. Ich finde, es besteht kaum ein Unterschied. Als wir unsere Aufgaben erledigen, fragt mich die Lehrerin leise, ob es auf der Toilette ein Unglück gegeben habe. Ich verstehe nicht, was sie meint und schüttle den Kopf.

Kinderhaut heilt schnell, meine Schwester streicht heimlich die feine Gesichtscreme der Mutter über meine Narbe. Wir wissen, dass alles gut wird. Wir zappeln vor Aufregung und bemühen uns, nichts anzustellen. Wir schlagen die Zeit damit tot, uns auf ein Gedicht für das Poesiealbum zu einigen, das uns die Lehrerin mitgegeben hat. Wir besitzen selber keines und haben noch nie eines mit nach Hause bekommen. Das Poesiealbum der Lehrerin ist das erste, das uns überreicht wird, allen Kindern wird es nacheinander mitgegeben.
Es hat einen dunkelgrünen, schuppengleichen Einband, ohne Pony, ohne Regenbogen, ohne Rosenstrauß, ohne Katzenkörbchen, ohne freundlichen Hund, ohne Mädchengesicht. Als wir es durchblättern, leuchten uns strahlende Blumenaufkleber entgegen, schwarze Fingerabdrücke, goldglitzernde Buchstaben, Rennautos, sogar handgezeichnete Noten auf Notenlinien, ein Lieblingskochrezept.
Wir stellen fest, dass wir uns nicht einigen müssen, dass wohl für jede von uns eine blütenweiße Seite vorgesehen ist, wir beraten, wer welches Gedicht schreiben soll, uns fällt aber nur eines ein, das wir auswendig können. Wir holen unser Buch, wir lesen: *Gunda liest ihrem Vater ein Gedicht vor. Es heißt so:*

Zum Trösten

Ri-ra-rutsch:
der Flecken ist gleich futsch.
Der Flecken ist gleich abgehaun,
wenn wir nicht mehr auf ihn schaun.

Ri-ra-rutsch:
der Flecken ist gleich futsch.

Das Gedicht erscheint uns nicht passend. Wir suchen zwischen *Liebe* und *Liliputaner* nach *Lied*, jedoch vergeblich. Wir sind enttäuscht. Wir beschließen zu losen, wer das Gedicht, das wir auswendig wissen, schreiben darf und wer etwas malen muss. Als wir kleine Zettelchen falten, eines mit X und eines ohne, hören wir die Mutter an der Wohnungstür, wir springen auf und augenblicklich ergreift uns wieder die Aufregung.
Die Mutter ist da!
Die leuchtenden Armbänder sind da!
Hurra!

Tatsächlich hat die Mutter ihr Versprechen gehalten, sie lächelt breit.
Ihr seid mir zwei, sagt sie, zerzaust unsere Frisuren, raschelt vielsagend in ihrer Tasche.
Hier!

Wir halten die knisternde Folie in den Händen, ein rotes und ein blaues Armband. Alle Kinder haben Armbänder, die im Dunkeln leuchten, die ganze Nacht lang, so sagen sie. Sie verstecken sich in den Pausen im Wandschrank, um die weißliche Leuchtkraft zu bewundern. Sie tauschen rosarote gegen gelbe gegen hellgrüne gegen blaue gegen solche in Regenbogenfarben. Manche haben Leuchtringe, manche haben Leuchthaargummis, einer hat ein Leuchtfederpennal. Unsere Armbänder sehen etwas anders aus, wie Plastikschnüre. Wir packen sie aus, streifen sie über unsere Handgelenke, verschwinden im fensterlosen Bad.
Wir sehen nichts. Wahrscheinlich müssen sich unsere Augen erst an die Dunkelheit gewöhnen.

Wir setzen uns auf die kalten Fliesen, blinzeln und warten.
Wir schließen die Augen, öffnen sie wieder.
Wahrscheinlich müssen wir die Armbänder erst in der Sonne aufladen.
Wir stürmen aus dem Badezimmer zum geöffneten Küchenfenster.
Es gibt noch ein wenig Licht.
Wir strecken unsere Arme nach draußen.
Wir hoffen, dass das genügt.
Wir rennen zurück ins Bad, setzen uns auf die kalten Fliesen, schließen die Augen, warten, öffnen die Augen.
Nichts.
Vielleicht hat einfach das Licht nicht gereicht, nicht einmal für ein hauchfeines Leuchten. Vielleicht müssen wir unsere Arme morgen auf dem Schulweg in die Sonne strecken.

Vielleicht ist es besser, die Armbänder im Kinderzimmer zu lassen, wir könnten sie unterwegs verlieren.

Die rothaarige Lehrerin mit der Zahnlücke spielt wunderbar Gitarre und singt. Nach jeder Strophe lächelt sie in die Runde, und wir staunen, wie tief die Grübchen an ihren Wangen sind. Wir sitzen in einem Kreis auf dem Boden, nicht nebeneinander, denn die Lehrerin hat sich ausgedacht, dass es besser für uns sei, zeitweise voneinander getrennt zu sein. Zwischen uns sitzt ein dickes Mädchen in einem bunten Kleid, an dessen Saum es andauernd zupft. Es lässt die schmale, perlmuttfarbene Spitzenborte durch die Finger gleiten und hebt herausfordernd das Kinn. Es hält meine Schwester auf Abstand, indem es seine Beine zur Seite streckt. Es zeigt mir die Zunge, wenn die Lehrerin nicht hinschaut. Es zischt uns abwechselnd Schimpfwörter ins Ohr. Es schneidet Grimassen. Es zieht an den Schleifen in unserem Haar. Den anderen Kindern geht es prächtig und uns beschleicht das Gefühl, dass mit uns etwas nicht stimmt. Doch der Gesang zerstäubt die dunklen Gedanken, und wir bemühen uns, es der Lehrerin gleichzutun:
Den Mund weit auf, laut, lauter, ja, so ist es schön; das Tor zur Welt öffnet sich für einen Moment, wenn wir auswendig lernen, was niemand von uns versteht.
Aaay uill al. Wais laf ju.
Ju mai dalin ju.
Aaay uill al. Wais laf ju.
Aaay uill al. Wais laf ju. Ju.

Hurenmädchen. Wir suchen das Wort, doch wir finden es nicht. Wir lesen:
Hubschrauber
Hufeisen
Huhn
Hummel
Hund
Hunger
Hütte
Hyäne
Idee

Uhrenmädchen. Wir suchen das Wort, doch auch dieses finden wir nicht. Wir lesen: *Früher konnte Ulli die Uhrzeit nicht lesen. Er musste fragen: »Wie spät ist es denn?« Heute trägt er eine Armbanduhr. Und er hat es längst gelernt, die Uhrzeit vom Zifferblatt und den Zeigern abzulesen.*
Wir verlieren das Interesse an Ulli und sehen uns die Bilder an.

Wir werden unterbrochen, als jemand einen Stein an unser Fenster wirft. Meine Schwester meint, es sei ein Vogel gewesen, ein Spatz vielleicht. Ich meine, wenn kein Stein, dann ein dickes, großes Insekt. Meine Schwester könnte auch mit einem Schmetterling leben und ich sage, um diese Tageszeit fliegen weder Spatzen noch Schmetterlinge, und bevor wir beginnen zu streiten, stehen wir auf und untersuchen die Glasscheibe auf Spuren. Draußen ist es dunkel, wir sehen nichts. Doch: Wir sehen einen Mann, der an der Straßen-

laterne lehnt. Sein Hals ist breit, sein T-Shirt rot, die Hände verbirgt er hinter seinem Rücken, seine Füße verdeckt der Goldfliederstrauch. Er trägt eine Schildkappe und sieht uns an. Wir fassen uns an den Händen und starren zurück. Wir halten es in jedem Fall länger aus als er, denken wir, denn wir sind furchtlose kleine Hurenmonster. Wir pressen unsere Nasen an die Scheibe, und der Mann beginnt zu zappeln. Tritt von einem auf das andere Bein, und wir könnten schwören, dass er sich räuspert.
Wir halten Ausschau nach seinem Hund.
Wir halten Ausschau nach jemandem, auf den er wartet.
Wir halten Ausschau nach einem Taxi.
Doch der Mann ist wegen uns gekommen, so viel steht fest.
Er hat hier nichts zu suchen, wir kennen ihn nicht.
Wir überlegen, das Licht auszuknipsen, dafür müssten wir aber unsere Hände loslassen oder uns gemeinsam vom Fenster entfernen, und das wollen wir keinesfalls, denn wir dürfen ihn nicht aus den Augen verlieren.
Wir beschließen, standhaft zu sein, denn wir sind furchtlose kleine Hurenmonster, die dafür geboren wurden, zurückzustarren.
Es scheint, als würde sein Zappeln nervöser, sein Oberkörper gerät in Bewegung, sein Kopf neigt sich, ein Arm schnellt nach vorne, der Mann rückt seine Schildkappe zurecht, die aber die ganze Zeit schon perfekt auf dem Kopf platziert gewesen ist, kein Grund, irgendetwas daran zu verändern, da sind wir uns einig, der zweite Arm schnellt nach vorne, die Hände wandern in die Hosentaschen, wir haben ein gutes Gefühl, es wird nicht mehr lange dauern, auch darüber sind wir uns einig, wir intensivieren unsere Blicke, unsere Nasenlöcher beben, am liebsten würden wir Feuer spucken, wir fühlen uns mächtig, wir drücken unsere Nasen an die Scheibe und reißen unsere Münder auf wie wilde Tiere. Der Mann

kann nicht sehen, wie fest unsere Finger ineinander verknotet sind. Wir halten es in jedem Fall länger aus als er, denken wir, und wir gewinnen die Schlacht, der Mann zieht ab, wir tanzen und johlen und springen um unser Buch herum, das aufgeschlagen auf dem Teppichboden liegt.

Ich will Schule spielen. Ich will die schönen Wörter schreiben, die in den Sätzen der Lehrerin keine Verwendung finden. Ich kann es nicht erwarten, zu den ganz Großen zu gehören und in eine eigene Klasse zu gehen. Ich will mich vorbereiten. Meine Schwester will die Nagellackfläschchen der Mutter sortieren. Ich lege ein Heft auf den Boden. Meine Schwester stellt silbernen Nagellack darauf. Ich reiße meiner Schwester die Socken von den Füßen, weil ich nicht an ihren Haaren ziehen darf. Meine Schwester wird wütend und brüllt so lange, bis sich die Tür des Abstellraums öffnet.

Wir sind uns nicht sicher, ob wir den Weichselbaum hinter der Kirche gleichermaßen lieben. Ich liege auf den kühlen Pflastersteinen, die ich vorher sorgfältig nach heruntergefallenen Früchten abgesucht habe. Meine Schwester sitzt auf der Bank.
Der Sommerwind im Weichselbaum hat einen einzigartigen Klang, ich könnte ihn von tausend anderen Klängen unterscheiden. Mir ist, als würde der Baum atmen, ich passe meine Atemzüge den seinen an, ich könnte hier ewig sein. Meine Schwester nicht, sie scharrt mit ihren Schuhen, sie klopft mit den Handflächen auf ihre Schenkel, sie knackst mit ihren Fingergelenken, sie bekommt einen künstlichen Hustenanfall.
Ich denke an die Heiligen in der Kirche und erbarme mich meiner Schwester.
Heiliger Franziskus
Heiliger Antonius
Heilige Maria Muttergottes
Helft mir, meinen Atem vom Atem des Baumes zu lösen.
Helft mir, meine Augen zu öffnen und meine Schwester zu beschäftigen.
Helft mir, ein neues Spiel für uns zu finden.
Ich bekomme einen Lachanfall, meine Schwester runzelt die Stirn.
Ich bewerfe sie mit einer Weichsel, die neben mir am Boden liegt. Meine Schwester hat keine Lust auf Streit. Sie zerquetscht die Frucht zwischen ihren Fingern und verteilt den Saft auf ihren Lippen. Ich setze mich zu ihr und verteile Saft auf ihren Wangen. Saft tropft auf ihre Kleidung und auf meine, es gelingt uns nicht, die Flecken zu entfernen. Macht

nichts. Wir finden auch für mich eine Weichsel, auch meine Lippen und Wangen werden rot.
Wie schön!
Wir stolzieren auf den Pflastersteinen umher, wir stolzieren die Dorfstraße entlang, wir ernten Blicke von
Franz
von Anton
und Maria
wir sind Prinzessinnen auf dem Weg zurück in ihr Schloss.

Die Mutter öffnet die Tür.
Sie schweigt.
Ihr Hals bekommt dunkle Flecken.

Wie seht ihr denn aus!, sagt sie.
Ihr macht uns zum Gespött aller Leute!, sagt sie.

Auch Mutter hat rote Lippen und rote Wangen und rote Fingernägel und stolziert über die Dorfstraße wie eine Königin.

Wie könnt ihr es wagen!, sagt sie.

Sobald die Tür hinter uns ins Schloss fällt, fängt sie an, uns zu schlagen. Zuerst die eine, dann die andere.

Meine Schwester heult und entschuldigt sich.

Mutters flache Hand trifft meinen Wangenknochen, während sie mir direkt in die Augen sieht.
Ihr Blick ist nicht glasig.
Ihr Blick ist klar.

Ich halte meine Schreie nicht länger zurück.

Ich öffne meine Kiefer.
Ich brülle.
Ich spucke.
Ich schreie die Mutter an.
Ich versuche zurückzuschlagen.
Ich drehe mich um, ehe sie meinen Arm fassen kann.
Ich laufe ungewaschen ins Kinderzimmer und knalle die Tür hinter mir zu.

Ich habe eine Schwester.
Sie trägt Kleidergröße 164, aber es ist noch ausreichend Platz zum Hineinwachsen.
Sie spricht nicht mehr mit mir.
Für sie bin ich eine Verräterin.

Ich habe der Mutter gesagt, dass ich ihre falsch erzählten Märchen nicht länger hören will.
Ich habe der Mutter gesagt, dass sie kein Recht dazu hat, uns in der Wohnung einzusperren.
Ich habe der Mutter gesagt, dass ich längst weiß, dass wir keine Prinzessinnen sind.
Dass die dicke Frau kein Besuch ist, sondern eine Kontrolle.
Dass das Geld auf unserem Konto keinesfalls das Erbe eines gütigen Königsvaters ist.
Dass sie mich und meine Schwester nicht schlagen darf.
Dass ich keine Lust mehr darauf habe, mit ihr zusammenzuhalten.
Dass ich ab sofort nicht mehr ihr kleines Mädchen bin.

Meine Schwester setzt sich auf den Schoß der Mutter. Dabei überragt ihr Kopf den Kopf der Mutter.
Sie lässt sich Zöpfe flechten, obwohl sie das hasst, und grinst mich währenddessen an, als sei ihr Grinsen eine Waffe.

Meine Schwester rückt beim Frühstück von mir ab. Sie fragt nicht, ob sie mir die Milch reichen soll oder ob sie den Kakao über meine Haferflocken stäuben darf. Wir essen schweigend.

Wir gehen nicht nebeneinander zur Schule.

Wir stehen viel zu früh und verloren auf dem Schulhof herum.

Ich gehe allein zu einem Grüppchen, das einen Gummiball springen lässt. Ich halte etwas Abstand. Ich frage nicht, ob ich mitspielen darf. Sie lassen mich zusehen, immerhin.

Meine Schwester beobachtet mich aus der Ferne. Mir ist noch nie aufgefallen, dass sie schiefe Augen hat.

Wir stellen uns in Zweierreihe vor der Glastür auf. Heute macht die Lehrerin mit der Zahnlücke die Begrüßung. Ich tue so, als würde ich im Vorbeigehen mein Gleichgewicht verlieren und streife mit meiner Hand an ihrer. Die Lehrerin hat nur eine Tochter. Wenn sie auf der Straße spazieren, baumelt eine Hand leer in der Luft.

Vom gestohlenen Geld haben wir die blauen Kekse gekauft, um uns zu versöhnen, zwanzig Stück lassen sich gerecht verteilen. Es regnet in Strömen, aber weil wir längst nass sind, haben wir es nicht eilig.
Wir beschließen, den Umweg über den Friedhof zu nehmen. Mit schmutzigen Schuhen gehen wir über die schmalen Kieswege und suchen nach einem Grabstein mit einem schönen Männernamen. Der Regen lässt nach, unsere dünnen Jacken kleben an unseren Schultern. Wir lassen uns Zeit mit unserer Wahl, die Entscheidung will wohlüberlegt sein. Wir finden einen schönen Namen auf einem schönen, großen, reich geschmückten Grabstein.
Wir halten andächtig inne, legen zwei Kekse vor den betenden Engel und pflücken Blumen vom Nachbargrab. Sie verlieren ihre Blätter, sobald wir an ihnen reißen. Wir legen die Stängel auf die Grabplatte, heben die Blütenblätter vom Boden auf und ordnen sie um die Stängel herum an. Dann fallen wir vor dem toten Vater auf die Knie, verdrehen die Augen wie der Engel und setzen zu einem Murmeln an, wie wir es von den alten Frauen kennen. Wir hoffen, dass jemand vorbeikommt, um uns zu loben und um uns zu trösten, aber es ist keiner da, und so verlieren wir bald die Freude an dem Theater, bewerfen uns mit den Blütenblättern und schleifen mit unseren Schuhsohlen über den Kies. Wir hinterlassen unordentliche Striemen und stellen uns den Priester, den Gärtner, die Betschwestern, die Totengräber, die Grabbesucher, die heulenden Kinder vor, die sich über die Unordnung beschweren.

Wir halten uns nicht an den Händen, aber die Kekse teilen wir immerhin.

Ich treibe mich allein im Dorf herum. Dann nehme ich meinen Mut zusammen und gehe zum Haus der Lehrerin. Schon von Weitem höre ich ihre Stimme und die Stimme ihrer Tochter. Sie sitzen im Garten und essen etwas, wahrscheinlich Kuchen oder Eis. Der Mund der Tochter ist mit Schokolade verschmiert, die Lehrerin kann ordentlich essen. Ich warte hinter der Hecke, bis sie fertig sind, dann trete ich ans Gartentor.
Ich entschuldige mich für die Umstände.
Ich sage, ich hätte in der Schule ein Buch vergessen und starre verlegen auf den Boden.
Ich gehe davon aus, dass meiner Lüge kein Glauben geschenkt wird.
Die Lehrerin sagt, wenn ich wolle, könne ich zu ihnen in den Garten kommen und ein wenig mit ihrer kleinen Tochter spielen, während sie ein schönes Buch für mich heraussucht.

Die Tochter spielt noch mit Puppen. Sie hat sie alle auf eine Decke gelegt, Berge an Kleidung und winzigen Schuhen, Hüten und Halsketten im Miniaturformat.
Ich ziehe meine Sandalen aus, um die Decke nicht zu beschmutzen, und greife nach einer Puppe mit langem, schwarzem Haar. Die Tochter nimmt sie mir aus der Hand. Ich greife nach einer Puppe mit störrischem, rotem Haar. Sie hat biegsame Kniegelenke und kann ihren Kopf drehen. Ich soll für die Puppe sprechen. Meine Puppe soll der Puppe mit dem langen, schwarzen Haar die Halskette gestohlen haben. Dafür muss sie bestraft werden, ich soll mir etwas ausdenken.
Ich reiße der Puppe ein störrisches, rotes Haar aus.

Sie macht meine Puppe kaputt!, schreit die Tochter.
Aber, aber, sagt die Lehrerin.
Ich schäme und entschuldige mich, und während ich meine Sandalen wieder anziehe, trägt sie das schmutzige Geschirr ins Haus und kommt mit einem dicken, blauen Buch zurück.

Auf dem Tisch liegt ein Brief.
Nie liegt auf dem Tisch ein Brief.
Wir hören die Mutter im Abstellraum schluchzen.
Wir schleichen um die Tischplatte.
Die Mutter glaubt, wir seien nicht zu Hause.
Wir sind zu Hause, weil wir draußen beschimpft wurden.
Wir haben keine Lust darauf, angespuckt zu werden. Wir wollen nicht, dass jemand mit einem Stock auf unsere Schienbeine schlägt.
Wir wollen nicht gesagt bekommen, dass wir stinken.
Wir duften nach *Meeresbrise*.
Das Schluchzen der Mutter ist ein Hecheln.
Die Mutter stöhnt.
Wir sagen immer noch, sie schluchzt.
Wir schleichen um die Tischplatte und lesen den Brief.

Das Amt wird weniger Geld überweisen.
Wir sind alt genug, um für eine geregelte Erwerbstätigkeit tagsüber allein gelassen werden zu können.
Es wäre angebracht, die Kindesväter in die Pflicht zu nehmen.

Wir haben keine Väter.

Wir haben so oft getauscht, dass wir längst nicht mehr wissen, wessen Töchter wir sind.
Wir sind die Töchter unserer Mutter, so viel steht fest.
Unsere toten Väter bestehen aus Wörtern, um tote Väter wird kein großes Aufheben gemacht. Hinter die toten Väter setzt die Mutter einen Punkt.

Was, wenn eine von uns einen Vater hätte.
Wir würden gerecht teilen.
Der Vater aus dem Bachbett kann es unmöglich sein.
Der andere Vater kann es auch nicht sein.

Was, wenn Mutters Märchen weiter reichten als bis zur Bettkante, bis zur mit rosafarbenem Tüll umwickelten Glühbirne, bis zu unseren nackten Fußsohlen, bis zu unserem frisch gewaschenen Haar.

Dass wir keine Prinzessinnen sind, haben uns die Buben auf dem Spielplatz beigebracht.
Die Sitznachbarn in der Schule.
Die Lehrerinnen.
Der Pfarrer, der einmal im Monat kommt.
Die Verkäuferin, die uns Kaugummis klauen lässt und so tut, als fiele es ihr nicht auf.
Der Bauer, der uns Geld gibt, wenn wir die schwächlichen Lämmer mit Flaschenmilch füttern.

Unsere Herzen zerspringen.

Die Mutter stöhnt im Abstellraum.
Sie hat ein rotes Gesicht und ein Bankkonto, das gefüllt sein will.

Wir beschließen, die Welt der Märchen zu verlassen.
Wir suchen in unserem Buch nach Mann und Frau.
Wir finden *Geschlechtsteile*.
Wir sollen weiterlesen bei Fortpflanzung.
Wir lesen: *Der Mann steckt sein steifes Glied in die Scheide der Frau. Wenn sie sich so lieb haben, fließt der Samen des Mannes in die Scheide der Frau.*
Wir stellen uns vor, wie es ist, ein Glied zwischen unseren Beinen zu spüren.
Wie es sich anfühlt, ob es dasselbe ist, wie mit einem Stock ins Ameisennest zu bohren oder in ein Natternloch.
Wir wissen, dass wir Löcher besitzen und dass diese Löcher heiß begehrt sind.
Wenn uns jemand fragt, haben wir keine Ahnung, woher wir das haben.
Lieber schweigen wir und tun so, als wüssten wir nichts.
Als lauschten wir nicht an der Tür des Abstellraums, als spähten wir nicht durch den offenen Spalt.
Wir sind sehr gut darin, Türen lautlos zu öffnen.

Ich bin deine Mutter!, schreit sie.

Es tut mir leid, dass sie sich für mich geopfert hat. Dass sie für mich leiden musste, Blut vergoss, Qualen durchlitt. Für mich ihr Leben hingab, in dieses verdammte Dorf zog, um mich zu schützen, um mir ein Leben in Frieden zu ermöglichen. Um ein stabiles Umfeld zu schaffen für meine Schwester und mich, um uns von allem Bösen fernzuhalten, von falschen Freunden und allerhand Ungemach.

Wir sind deine Familie!, schreit sie.

Es tut mir leid, dass ich die Lehrerin besucht habe. Dass ich mir von ihr Flausen in den Kopf setzen lasse. Dass ich das Meer sehen will. Dass ich lieber Bücher lese, als meiner Mutter die Fingernägel zu lackieren. Dass ich der Lehrerin von unserem Teppich erzählte, vom Blumenland, von Rapunzels Haar und davon, dass ich träumte, wie mich jemand aus dem Turm befreit.
Ich erzählte vom Kaugummi, den wir gestohlen, und vom Priester, den wir bedroht hatten.
Ich erzählte vom Abstellraum.
Von den unzähligen Fischdosen, die sich in unserer Küche stapeln, wenn uns unsere Mutter für einige Zeit alleine lässt.
Vom feuerroten Nagellack.

Es tut mir leid, dass ich das Buch mitgenommen habe. Dass meine Mutter nun diesen beschwerlichen Weg auf sich nehmen muss, um das Buch zurückzubringen, dass sie sich entschuldigen und sagen muss, dass sie die Freundlichkeit der Lehrerin schätze, aber dass man mit mir aufpassen müsse, da ich weder Maß noch Ziel kenne und ein ausnützerisches kleines Biest sei. Dass sie der Lehrerin für ihre Freundlichkeit danke, sie aber darum bitte, mich nicht über das unbedingt notwendige Maß hinaus mit Ideen zu versorgen.

Wegen mir muss die Mutter quer durch das ganze Dorf gehen und ihr heulendes großes Kind vor den Blicken aller hinter sich herzerren.

Als hätte ich das Buch gestohlen.

Sie ist meine Mutter, sie hat alles Recht der Welt dazu.
Sie weiß, was gut für mich ist.
Die Lehrerin kennt uns nicht, sie hat keine Ahnung, was gut für uns ist.

Es tut mir unendlich, unendlich leid.

Ich liege unter dem Bett. Ich spreche die ersten Zeilen auswendig. Ich wiederhole die Geschichte bis zur Meeresspinne. Ich sehne mich nach einem Unterseeboot. Ich erinnere mich an die Zeichnung. An die dünnen, langen Spinnenbeine, die der Besatzung des Unterseebootes gefährlich nahe kommen. Daran, dass von eigentümlichen Verquickungen von Tierreich und Pflanzengebilden die Rede ist, von mannigfachem Strauchwerk, das die Höhe von Bäumen erreicht, von wurzellosen Pflanzen, die sanft durch das Wasser schweben, von friedlichen Mückenfischen und wohltuender Ruhe, die jäh von einer zwei Meter hohen Kreatur unterbrochen wird, die lüstern ihren Überfall auf die Eindringlinge in ihr Unterwasserreich vorbereitet.
Ich frage mich, wie Seetang riecht. Ich drücke mir alte Socken ins Gesicht. Es macht mich verrückt, dass die Meeresspinne im Regal der Lehrerin ihr Unwesen treibt, eingeschlossen zwischen den Buchdeckeln, die man nur öffnen müsste, um dem Spektakel beizuwohnen. In dem Spektakel kommen keine Prinzen und langhaarigen Schönheiten vor, so viel ist sicher. Ich nehme ein Blatt Papier und versuche, den Höhepunkt der Geschichte aufzuschreiben:

Die Spinne will den Taucher beißen.
Sie fängt ihn mit ihren Beinen.
Der Mann rettet sich.
Die Spinne verschwindet.

Es enttäuscht mich, was da steht, das Abenteuer ist mit einem Mal matt. Ich zerknülle das Papier in meiner Faust und trockne damit meine Tränen.

Ich nehme ein neues Blatt, ich schreibe:

Sie sagt, dass sie keine schlechte Mutter ist.
Sie füttert uns mit Dosenfisch, Semmeln und Keksen.
Sie erlaubt uns, allein im Wald herumzustreifen.
Sie sperrt uns zu unserer Sicherheit tagelang ein, wenn sie Dinge erledigen muss.
Sie sagt uns nicht, was für Dinge das sind.
Sie streichelt unsere Köpfe.
Sie erzählt uns Märchen.
Sie achtet darauf, dass wir sauber sind.
Sie will nicht, dass ich so viel lese.
Sie will, dass ich mit meiner Schwester spiele.
Sie will nicht, dass ich ihr schlechte Dinge beibringe.
Sie will, dass wir zusammenhalten.
Sie braucht ihren Hofstaat, damit sie die Königin ist.
Sie hat niemanden außer uns.
Manchmal rutscht ihr die Hand aus.

Ich zerreiße das Papier und kaue so lange darauf herum, bis die Tinte verrinnt.

Wir müssen zusammenhalten, sagt die Mutter, wir haben ja nur uns.

Den Vater gibt es nicht, die Eltern gibt es nicht, ich frage mich, wer die Wörter in das Lexikon einträgt. Ich finde:
entdecken
Ente
Entführung
Entwicklungshilfe
erben
»Herr Lange hat ein Haus geerbt«, sagt Mutter. Außer dem Haus erbte Herr Lange Bücher, Schallplatten und etwas Geld.
Mich interessiert Herr Lange nicht, mich interessieren unsere Väter.

Den Maler gibt es, den Mann, der einer Frau den Rock von der Hüfte reißt, gibt es nicht. Es gibt:
Ventilator
Verbannung
Verbrechen
Verdauung
Verein

Ich habe keine Lust, den Vater zwischen *Vanille* und *Veilchen* zu quetschen, ich suche einen Tintentod und ruiniere damit Seite 279 unseres Buches. Ich brauche das Veilchen nicht, wir haben genug davon im Wald. Ich brauche auch die Vanille nicht. Ich kratze mit dem Fingernagel am aufgeweichten Papier und achte darauf, kein Loch hineinzumachen. Das Ergebnis sieht furchtbar aus. Ich nehme einen roten Stift und überschreibe *Vanille* mit *Vater*. Ich nehme einen schwarzen Stift und ersetze Vera durch den Vater: *»Ein Vanilleeis«, bestellt*

Vater beim Eisverkäufer. Zu Hause streut die Mutter Vanillezucker in den Kuchenteig. Auch Vanillepudding schmeckt Vater.
Ich überschreibe die Erklärung, dass Vanille eine Pflanze ist und zu den Orchideen gehört, dass man sie in tropischen Gebieten anpflanzt, dass ihre Früchte bis zu dreißig Zentimeter lang sind, dass sie nach der Ernte getrocknet werden und dass man sie als Gewürz für Süßspeisen verwendet:
Der Vater ist ein Mensch. Er gehört zu den Erdenbewohnern. Man hat Väter, um von den anderen nicht verspottet zu werden. Andere Kinder haben auch keine Väter und werden trotzdem nicht verspottet.

Dass man Vanille zur Herstellung von Parfum verwendet, lasse ich stehen.

Es ist schwer, immer abseits zu sein.

ein falsch gepolter Magnet
ein Tropfen Öl auf Wasser
eine einzelne Wespe vor einem Bienenstock

Mich beschleicht die Hoffnung, dass mir ein anderes Schicksal vorherbestimmt ist. Ich glaube längst nicht mehr an das Mondkleid in der Nussschale. Ich glaube an geklaute Zigaretten, hässliche Flüche, gebrochene Versprechen.

Ich habe frisch gewaschenes Haar, ein gestreiftes Sommerkleid, saubere Füße, einen blauen Fleck am Knie.
Auch das Mädchen hat frisch gewaschenes Haar, ein gestreiftes Sommerkleid, saubere Füße. Einzig die goldenen Ohrringe, die so lang sind, dass sie beinahe ihre Schultern streifen, unterscheiden uns. Das Mädchen ist neu, wie aus dem Ei geschlüpft. Es tut so, als sähe es den Kleinen beim Fangenspielen zu. Ich entwinde mich dem Griff meiner Schwester und frage das fremde Mädchen nach seinem Namen. Es ist froh, mich zu sehen. Es möchte sofort meine Freundin sein.
Ich spüre den Blick der Schwester in meinem Rücken.
Ich bin ein Hurenmonster.
Ich kann gut und gerne damit leben, eine Verräterin genannt zu werden.
Ich sage dem Mädchen, dass ich gerne seine Freundin wäre.
Ich kann dem Mädchen die Schule zeigen. Ich kann es vor dem Schulwart warnen. Ich kann es von mir abschreiben lassen. Ich kann es nach dem Unterricht nach Hause begleiten.

Ich kann lügen, wenn es sein muss. Ich kann Geheimnisse für mich behalten.

Das Mädchen erzählt mir, wo es wohnt. Es hat ein Zimmer mit einer Gitarre, einen weißen Schreibtisch, jede Woche eine neue Zeitschrift und bald ein Haustier nach Wahl, zum Trost, dass es hierhergezogen ist. Ich möchte die Lehrerin fragen, ob das neue Mädchen neben mir sitzen darf. Zur Besiegelung unserer Freundschaft zieht das Mädchen einen Stimmungsring von ihrem Finger und schenkt ihn mir. An meinem Finger verfärbt er sich augenblicklich feuerrot. Ich nehme mir vor, ihn zu Hause gut zu verstecken.

Ohne einen Blick auf meine Schwester zu riskieren, nehme ich die Hand des Mädchens, obwohl wir eigentlich schon zu groß dafür sind. Ich fühle mich verwandelt, alles an mir prickelt, und es prickelt noch mehr, als ich mit meiner Freundin an den anderen vorbeigehe. Ich höre nicht, was sie mir hinterherzischen, ich versuche, ihr Zischen zu übertönen.

Mach dir nichts draus, sage ich.

Das machen sie immer, wenn jemand Neues kommt.

Sie hören bald damit auf, du wirst sehen, du hast ja mich.

Wir besiegeln unsere Freundschaft mit dem Schweiß unserer Handflächen.

Ich habe meine Schwester abgehängt.
Ich habe den Stimmungsring aus dem Schaumstoff meiner Matratze gezogen und ihn mir draußen auf der Straße angesteckt.

Ich darf die Gitarre halten. Meine Freundin hat mir gerade ein Lied vorgespielt, ich sage ihr, sie spiele besser als die Lehrerin.
Meine Freundin nimmt vorsichtig meine linke Hand, führt sie um den Hals der Gitarre zum Griffbrett, stellt nacheinander Zeigefinger, Mittelfinger und Ringfinger auf die Bünde. Ich spüre ihren Atem in meinem Gesicht. Mit meiner rechten Hand streift sie sacht über die Saiten. Mir kommen die Tränen. Meine Freundin lächelt. Sie stellt meine Finger auf unterschiedliche Positionen und benennt jede mit ihrem Namen. Adur und Edur und Demoll und Desus und sie drückt meinen Zeigefinger quer über das Griffbrett, das ist der schwerste, hörst du?, Efdur. Wir hören erst auf, als sich die Abdrücke der Saiten schmerzhaft auf meinen Fingerkuppen abzeichnen.

Wir schütteln bunte Polster auf und machen es uns auf dem Bett gemütlich. Sie spielt mir ihre Lieblingsmusik vor. Wir lauschen, ab und an singt sie mit. Sie will, dass ich von meiner Familie erzähle. Ich habe eine Schwester, sage ich.
Und? Dass ich eine Schwester habe, weiß jeder, meine Freundin will mehr wissen.
Meiner Schwester muss ich nicht von meiner Familie erzählen, ich versuche, den Kloß in meinem Hals zu schlucken.

Meine Gedanken rasen, ich sehe Nagellackfläschen, Haarreifen, eine mit rosafarbenem Tüll umwickelte Glühbirne, geblümte Bettwäsche, Fisch in Tomatensoße, eine dicke Frau an unserem Küchentisch, die geschlossene Tür des Abstellraums, gestohlene Süßigkeiten unter meinem Kopfpolster, meine Mutter in ihrem Prinzessinnenkleid, meine Mutter in ihrem Hauskleid, einen Tisch voller zerknüllter Dokumente, eine Wasserlache unter dem Waschbecken, eine leere Klopapierrolle, eine leere Sirupflasche, Kinder, die zu spät ins Bett gehen, Kinder, die sich allein im Wald herumtreiben, ein aufgeschlagenes Lexikon auf dem Teppichboden, allerhand Kleinkram unter den Betten. Ich kann nicht sagen, wer mein Vater ist. Ich kann nicht sagen, was meine Mutter macht. Ich will nicht über meine Schwester reden.

Ich will ein neuer Mensch sein, ein Mensch mit einem bunten Kissen im Rücken, mit vom Gitarrespielen schmerzenden Fingerkuppen, einem Stimmungsring und einer neuen Freundin, die immerzu an ihren Nägeln kaut.

Ich überlege, welches Geheimnis ich erfinden kann, um es mit ihr zu teilen.

Meine Freundin zeigt mir noch ihren Hamster. Der Käfig steht in der Küche, weil sie sonst nicht schlafen kann.

Meine Schwester und ich sind zu alt für den Froschkönig. Wir sind zu alt für unser Lexikon. Wir versuchen, uns für Popsongs, Kinofilme und Freundschaften zu begeistern. Meine Schwester interessiert sich für die Haare an ihren Beinen, ich interessiere mich für die Schichten des Meeres. Wann immer ich ein Glas Wasser vor mir stehen habe, sehe ich einen der Ozeane vor mir. Ich habe gelernt, dass Meerwasser verdunstet, als Wolke über den Himmel zieht, abregnet, durch das Gestein wandert, gereinigt hervorsprudelt, in mein Trinkglas rinnt. Mit jedem Schluck Wasser trinke ich in Wahrheit das Meer. Meine Schwester findet das bescheuert, ich soll ihr meine Beine zeigen, damit sie unseren Haarwuchs vergleichen kann. Ich sage ihr, es würde gleich etwas passieren, wenn sie noch länger an mir klebt wie eine elende Zecke. Ich will in Ruhe meinen Gedanken nachhängen. Sie schreit mich an, ich sei ein egoistisches Arschloch, ich würde die Schuld tragen, wenn sie vereinsame oder sich vor Vereinsamung etwas antue. Wir seien Schwestern, verdammt, auf ewig! Ich sperre mich im Bad ein und halte mir die Ohren zu. Sie schaltet von außen das Licht aus. Mir egal. Vor meinen Augen flimmert das Meer: Ich liege ganz unten, zwischen Borstenwürmern und hellgrauem Meeresschnee, im *Hadopelagial*, in Dunkelheit und Kälte, allerhöchster Druck lastet auf mir, ich versuche, mich im harten Boden einzugraben, zu meiner Beruhigung stelle ich mir die lichteren Schichten vor, die belebtere Tiefsee, das belebtere Meer, *Bathypelagial*, *Mesopelagial*, *Epipelagial*. Ich denke an *Epithel* und *Myzel* und reime mir etwas zusammen. Verwandle mich von toter organischer Materie in etwas sich Bewegendes, in ein Bakterium, ein Krebstierchen, in einen kleinen bunten Fisch.

Ich kann mich nicht konzentrieren.
Die Schwester hämmert an die Badezimmertür.
Sie drückt wie wild auf den Lichtschalter. Ich denke an meine neue Freundin, die ich nur noch in der Schule sehe, weil sie nachmittags ihren Freundeskreis trifft.

Mein Blick fällt auf die *Meeresbrise*, auf zwei Paar rosaroter, mit Goldfäden durchwirkter Strumpfhosen, auf die Schminksachen der Mutter, auf eine unserer Haarschleifen, die am Boden liegt.

Ich schließe die Augen, doch vor meinen Augenlidern zucken Neonblitze, in den Donner mischt sich die Stimme meiner Schwester.

Ich schmecke das Salz des Meeres auf meinen Lippen, ich bekomme fast keine Luft mehr, die Kehle schnürt sich mir zusammen.

Ich versuche, meine Gedanken zu lenken, wir haben ja nur uns, ich habe ja nur sie und sie mich, wer kann denn etwas dafür, niemand, wir haben eine Mutter, die uns kleidet, die uns die Haare macht, ich habe eine Schwester, ich habe eine Familie, so viel Glück, ich erschrecke vor meiner Undankbarkeit, für einen Moment verfluche ich das Meer und die Wörter, die ich gelernt habe, die Bilder, die durch meinen Kopf jagen, die mich in eine Welt locken wollen, in der ich nichts zu suchen habe, ich stoße mir beim Aufstehen den Kopf am Waschbecken, ich taste im Dunkeln nach der Türklinke, nach dem Schlüssel.

Ich öffne die Tür und rufe den Namen meiner Schwester.

Die Prinzessinnen kommen!
Ein, zwei, drei, vier, fünf Burschen quetschen sich auf die Bank, die längst nicht mehr den drei Alten gehört. Zwei von ihnen tragen neonfarbene Stirnbänder, einer hat kurzgeschorenes, schwarzes Haar, einer einen verkniffenen Blick und vor einem fürchte ich mich. Es riecht nach Zigaretten. Sie pfeifen und grölen, machen ihre Beine lang, blähen ihre Brustkörbe. Meine Schwester nestelt am Knoten ihrer leichten Sommerbluse, die sie über dem Nabel hochgebunden hat. Sie zupft an ihrem rosaroten Ballonrock. Sie wirft ihr Haar über die Schultern.
Eine ganze Schar von Prinzen, an der wir uns vorbeistehlen müssen, um in den Wald zu gelangen. Ich werde schneller, meine Schwester bremst ihren Schritt. Ich versuche, wie früher ihre Hand zu fassen, aber sie versteckt sie sofort hinter ihrem Rücken. Sie *ist* die Prinzessin und kann aus fünf jungen Prinzen wählen, die an ihrem jungen, verruchten Blut interessiert sind, sie wirft ihnen im Vorbeigehen Blicke zu, was das Grölen nur noch mehr anschwellen lässt. Der, vor dem ich mich fürchte, erhebt sich, die vier anderen applaudieren, er greift sich an den Hosenbund, rüttelt an seiner Jeans, spuckt auf den Boden, rümpft die Nase, was für ein Prinz!, die anderen feuern ihn an, aber er überlegt es sich anders, bricht in Gelächter aus, fummelt in der Hosentasche nach einem Feuerzeug, zündet sich eine Zigarette an. Meine Schwester hat gerötete Wangen, eine erfolgreiche Brautschau hinter sich, sie trippelt wie die Mutter, trippelt mit mir hinter die Kirche, in den Wald hinein.
Ich gehe mit Absicht durch den Wacholder, komme mit zer-

kratzten Beinen wieder heraus, prinzessinnenungleich, ich breche unser Schweigen, indem ich vom Myzel erzähle, von *Physarum polycephalum*, meinem Geliebten.

Der Hallimasch ist der größte Pilz der Welt, der Schleimpilz ist mir der liebste. Er bestimmt, wohin er sich ausdehnt, er entscheidet allein über sein Wachstum. Wo Nährstoffe sind, da breitet er seine gelb leuchtenden Fasern aus.

Ich fühle mich wie eine Diebin, als hätte ich dieses Wissen gestohlen, ich tarne den Diebstahl, indem ich im Wortmaterial ein wenig Unordnung stifte.

Ich kratze an neuem Diebesgut:

Indem eine Chemikalie freigesetzt wird, wenn Physarum polycephalum auf Nahrung trifft, werden seine Röhren weicher und der Organismus kann sich auf die Nahrungsquelle ausrichten.

Es sitzt wie eine Warze auf mir, ein Fremdkörper, der sich erst noch mit mir verbinden muss.

Was wird, ist bis zu einem gewissen Grad vorherbestimmt.
Anstelle der dicken Frau mit der gestreiften Tasche kommt neuerdings ein dünnes, nervöses Mädchen. Ich habe den Verdacht, dass sie die schönen Sätze von ihren Unterlagen abliest, aber das macht mir nichts aus, ich höre ihr gerne zu.
Die Mutter macht ihr keinen Kaffee, von der lässt sie sich nichts sagen, das wird ja immer schöner. Sie starrt ihr verständnislos ins Gesicht, ohne ihren Mund aufzumachen.
Das Werden der Kinder entfaltet sich auf der Vorlage der Lebensgeschichte der Eltern.
Meine Schwester hält demonstrativ die Hand der Mutter. Ich weigere mich, am Tisch Platz zu nehmen wie ein normaler Mensch, ich drücke mich in die Ecke, meine Fersen dicht an den schwarzen Schimmelpilz gepresst, der hier seit einiger Zeit nistet und der das dünne Mädchen stört. Die Mutter soll die Wand mit Chlor putzen und darauf achten, dass wir währenddessen in einem anderen Zimmer sind.
Das dünne Mädchen stört sich auch daran, dass wir keinen Freundeskreis haben.
Dass meine Schwester zu blass ist.
Dass meine Mutter erst nach mehrfachem Klingeln die Tür geöffnet hat.
Dass ich nicht weiß, was ich einmal werden will.
Dass wir Schleifen in unseren Haaren tragen müssen.
Dass die Mutter immer noch keiner geregelten Arbeit nachgeht.
Das Mädchen spricht von Beratungsstellen. Davon, dass es keine Schande ist, Hilfe anzunehmen. Davon, dass man im Leben immer mehrere Möglichkeiten hat. Dabei sieht sie mich an.

Insgeheim gebe ich dem Mädchen recht, zur Tarnung setze ich ein trotziges Gesicht auf.
Aber es kommen auch neue Linien hinzu, darin liegt das große Versprechen jeder Zukunft.

Von einem Impuls getrieben, entschuldige ich mich für einen Moment, setze mich mit Stift und Papier auf mein Bett. Ich vertraue dem dünnen Mädchen, das ganz sicher kein Mädchen mehr ist.
Schimmelpilz ist der Todfeind des Schleimpilzes, schreibe ich, *sein Myzel durchdringt seine zarte Membran und zerstört ihn von innen.*
Ich schreibe wie verrückt, mit pochendem Herzen, dann falte ich das Blatt Papier so lange, bis es in meiner Handfläche verschwindet.

Als ich zurückkomme, zeigt die Mutter schweigend und mit starrer Miene den Kühlschrank, die Betten, unsere Schulsachen, das Badezimmer.

Beim Abschied drücke ich dem Mädchen unauffällig meine Nachricht in die Hand.

Meine Schwester zuckt gleichgültig mit den Schultern, als ich ihr gestehe, dass ich jede einzelne Seite unseres Buches beschrieben habe. Im Kinderzimmer riecht es nach Nagellack. Ich flüchte nach draußen, gehe mitten auf der Straße. Über mir dicke Wolken, ich rechne damit, dass es bald regnen wird, ich bin unpassend angezogen, das hellrosa Rüschenoberteil spannt, obwohl ich viel zu dünn bin, auf der zerknitterten Hose glitzern Strasssteine in Form eines riesigen Schmetterlings um die Wette.
Ich halte inne, vor mir liegt eine plattgefahrene Kröte. Ihre Haut ist kaum von der Farbe des Asphalts zu unterscheiden, vergeblich suche ich nach herausgeplatztem Gedärm, aber bis auf die unnatürliche Plattheit sieht sie unversehrt aus. Ich stoße sie mit meiner Schuhspitze. Ich überwinde mich, greife sie an einem Bein und drehe sie um. Sie ist leicht wie ein Blatt Papier. Auf einmal steht meine Schwester neben mir. Sie wolle auch noch eine Runde drehen, sagt sie, und was es denn hier Interessantes gebe.
Eine plattgefahrene Kröte.
Ein ausgetrockneter, toter Organismus, der kaum vom Straßenbelag zu unterscheiden ist.
Meine Schwester findet die Kröte eklig.
Sie hat ein wenig Geld dabei, wir könnten uns etwas kaufen.

Etwas stimmt mit mir nicht.

Ich stehe wie angewurzelt, mein schlechtes Gewissen verbietet mir, mit meiner Schwester in den Laden zu gehen.

Verräterin.

Ich gebe vor, die Kröte noch genauer inspizieren zu wollen, setze mich mitten auf die Straße, meine Schwester fuchtelt mit dem Geldschein vor meinem Gesicht herum, ich lasse sie alleine losziehen.
Bei genauerem Hinsehen gleicht der Straßenbelag einer zerfurchten Landschaft, oder einer vergrößerten Hautstruktur, vielleicht auch dem Meeresboden.
Ich weiß, dass seine Dämpfe, wenn er frisch aufgetragen wird, giftig sind.
Ich weiß, dass sich alle Straßen dieser Welt zu einem gigantischen Netz vereinen.
Ich weiß, dass sich unterhalb der grauen Deckschicht mehrere Trageschichten befinden.
Ich weiß, dass die Körnungen in absteigender Reihenfolge Schotter, Splitt, Brechsand und Gesteinsmehl heißen.
Ich weiß, dass loser Schotter den Straßenbelag vom Erdreich trennt.
Ich weiß, dass Asphalt dunkler wird, wenn es regnet, ich spüre erste Tropfen auf meiner Haut. Der Regen aktiviert den Duft der *Meeresbrise*.
Ich weiß, wie ich aussehe.
Ich habe nichts zu verlieren, ich ziehe mitten auf der Straße meine Hose aus, bedecke damit die tote Kröte.

Ich weiß zu viel.
Ich weiß, welche Begegnungen Einfluss auf mich hatten.
Ich bereite Briefpapier vor: für die Freundin, für die Lehrerin, für die Mutter.
Ich wickle den Stimmungsring, den mir die Freundin geschenkt hat, in Seidenpapier und lege ihn auf das Kopfkissen meiner Schwester.
Ich stelle mich vor den Spiegel und erzähle mir die Kurzfassung meines bisherigen Lebens.
Mir kommt die Meeresspinne in die Quere. Auch die durch das Kinderzimmer gespannten Wollfäden, das Prinzessinnenkleid der Mutter, der Fisch in Tomatensauce. Die toten Kindesväter, die in die Pflicht genommen werden sollen, stehen zwischen mir und dem Spiegel und lassen sich nicht in Worte kleiden.
Ich starre mir in die Augen.
Ich gebe auf.

Ich setze mich an den Tisch und fertige eine Bleistiftzeichnung für meine Mutter an: ein Quadrat für unser Haus, ein Quadrat für die Kirche, eine Schlangenlinie für den Weg in den Wald, eine gerade Linie für die Dorfstraße, zwei Rechtecke für die Schulgebäude, ein Quadrat und ein Rechteck für Laden und Supermarkt, ein Quadrat für das Haus der Lehrerin, eine schraffierte Fläche für den Spielplatz, eine sanft gebogene Kurve für den Fluss. Ein Herz für das Haus, in dem die Freundin wohnt. Einen Bus, der nur zur Hälfte auf dem Blatt Papier zu sehen ist.

Wäre ich eine Zecke wie meine Schwester, würde ich bei der Freundin einziehen.
Ich bin keine Zecke und schreibe ihr einen Abschiedsbrief:
Ich habe alles in die Wege geleitet, niemand wird mich vermissen, auch du wahrscheinlich nicht. Sei dir gewiss, du warst einer der wichtigsten Menschen in meinem Leben. Ich werde mich bis zur Stunde meines Todes an dich erinnern.

Der Abschiedsbrief klingt bescheuert.
Ich falte ihn und stecke ihn in einen Umschlag.

Ich schreibe denselben Brief in der Höflichkeitsform noch einmal für die Lehrerin.

Der Pilz wächst nur da, wo er neue Nahrungsorte findet.

05.53 Uhr.

Ich habe ein Stück Papier in meiner Tasche, das es mir erlaubt, alleine von zu Hause fortzugehen. In eine Zukunft, die einmal eine schillernd lockende Glaskugel, dann wieder ein gierig an mir zerrender Schlund ist. Ein Tor, das mich in die Glückseligkeit oder ins Verderben führen wird.

Ich bleibe sitzen, als der Bus das nächste Dorf erreicht.
Ich bleibe sitzen, als der Bus das nächste Dorf verlässt.
Ich bleibe sitzen, als wir auf die Bundesstraße einbiegen.

Auf dem Platz neben mir sitzt nicht meine Schwester, auf dem Platz neben mir steht eine Tasche aus gelbem Stoff mit langen türkisen Trageriemen. Prall gefüllt mit Anziehsachen und mit Schuhen, mit Stiften, einem Heft und einer Wasserflasche.

Ich muss das Notizbuch nicht öffnen, ich weiß, was ich geschrieben habe: *Wie befreit man sich aus einer Lüge?*

Meine Haare sind frisch gewaschen, ich frage mich, ob ich für immer nach *Meeresbrise* riechen werde. Verschämt beobachte ich die anderen Fahrgäste. Die meisten schlafen, ihre Köpfe an die Fensterscheibe oder an die Kopfstützen gelehnt, einige essen ihr Frühstück. Ich habe gelesen, dass der süßlich-klebrige Geruch nichts mit dem wirklichen Meer zu tun hat, dass es in Wahrheit dumpf und schwer, brackig und salzig riecht. Dass das Wasser keinesfalls so schmeckt wie das Salz, das ich in meine Handfläche streue und auf meiner Zunge zergehen lasse.

Ich will das Meer sehen, wie es am graublauen Horizont stufenlos in den Himmel übergeht. Wie seine Oberfläche aussieht wie die Haut eines silbrigen Tiers. Ich will mich davon täuschen lassen, ich will für einen Moment vergessen, wie die Schichten des Meeres beschaffen sind, welche Düsternis und Kälte am Meeresboden herrscht, und dass Meeresschnee in Wahrheit totes Getier ist, das wie in Zeitlupe zu Boden fällt und in der ewigen Dunkelheit die Borstenwürmer ernährt.

Ich will, dass die feuchte Kühle des Sandes durch meine Kleidung kriecht.
Ich will Zugvögel sehen, die von einer inneren Kraft geleitet ihrem Zielort entgegenfliegen.
Ich will zehn Jahre warten, bis ich meine Geschichte aufschreiben kann.
Ich will eine Lehrerin mit einer Gitarre sein.
Ich will das Angebot des dünnen Mädchens, das ganz sicher kein Mädchen mehr ist, annehmen, mir dabei zu helfen, neue Ufer zu erreichen.
Ich will meinen Mut zusammennehmen und die unsichtbare Grenze meines Märchenreiches überschreiten.
Ich will mich mit der Frage beschäftigen, ob die frisch verheiratete Prinzessin noch an den Turm, an ihr Leben im Staub, an Verwünschungen und Verwandlungen, an vergiftete Äpfel, an Gitterstäbe, an den Umhang aus Mäusefellen denkt.
Ich will darüber trauern, dass meine Schwester und ich vor nicht allzulanger Zeit zwei Seiten derselben Medaille waren, die am Hals unserer Mutter hing.
Ich will darüber trauern, dass unsere Väter aus Wörtern bestehen.
Ich will daran glauben, dass mich niemand vermissen wird.
Ich will darüber trauern, dass mich niemand vermissen wird.

Ich will darüber trauern, dass ich Schmerzen verursachen werde.
Ich will neugierig darauf sein, was mich hinter den Grenzen meines Märchenlandes erwartet.
Ich will nicht auf einen Prinzen warten, der mich aus dem Turm holt, ich habe kein Vertrauen in die Prinzen unseres Dorfes.
Ich will darauf vertrauen, dass allerhand Nützliches in meiner Nussschale steckt, ich weiß Bescheid über Pilze und die Schichten des Meeres, ich habe fast das ganze Lexikon mit Tinte überschrieben, ich kann ein wenig Gitarre spielen, ich singe nicht schlecht.

II. Meeresbrise

Aus der älteren Schwester wird eine jüngere, aus der Stadt wird ein Dorf, aus der Großpackung Waffelbruch werden Kekse, die blonde Lehrerin bekommt rote Haare und wir alle falsche Namen.

Damit trete ich ein in die Welt.

Quellennachweise:

Achim Bröger: Meyers Großes Kinderlexikon. Ein Buch zum Nachschlagen, Schmökern, Anschauen, Lesen und Vorlesen.

Gebrüder Grimm: Rapunzel.

Kalina Kupczyńska: Magazyn Wizje 4/21, Editorial.

Dolly Parton: I will always love you (1974).

Jules Verne: 20.000 Meilen unter dem Meer.

© Literaturverlag Droschl Graz – Wien 2023

Umschlag: & Co www.und-co.at
Satz: AD
Druck: Florjančič

ISBN 978-3-99059-126-0

Literaturverlag Droschl Stenggstraße 33 A-8043 Graz
www.droschl.com